# 子樓隨筆

林庚白 著
蔡登山 導讀

我寫著隨筆，
我想我畢竟是一個有閒階級，
在這外患內憂和飢寒災荒交集的中國，
還有『閒情逸致』，來賣弄筆墨，
而且寫的是充滿了『趣味主義』的文字。

——林庚白，一九三三

# 目次

# 奇人奇書：林庚白和《孑樓隨筆》

蔡登山

林庚白是位奇人，《孑樓隨筆》是本奇書。然而林庚白早於一九四一年在香港為日軍所誤殺而身亡，而《孑樓隨筆》在一九三四年出版後，至今已過七十多個春秋，早已成絕版之書了。人往風微，誰還記得當年的流風遺韻呢？往事如煙，早就看慣了春風與秋月！但冥冥之中總有些因緣，今歲「四月天」，余赴南京開胡適研討會，會後往蘇州訪友，再到吳江廟港太湖畔拜訪作家沈鵬年先生，蒙沈老一家人殷勤接待，銘感五內。臨別當日沈老以《孑樓隨筆》初版本見示，曾經夢寐以求之書，如今見著，真是大喜過望。徵得沈老同意當場複製一本，帶到機場，在候機的兩小時間欲罷不能一口氣讀完，深感這是此行「美麗的收穫」之一。鼎臠一嚐，不忍獨享，商之秀威宋發行人，擬為復刻，以饗更多讀者。因略誌林庚白生平二三事及讀《孑樓隨筆》之所感於卷頭，筆者不敏，所言僅一己之見，尚求方家不吝指正。

林庚白（一八九七至一九四一）原名學衡，字凌南，又字眾難，自號摩登和尚，閩侯縣螺洲鎮（今福州郊區螺洲鎮州尾村）人。庚白幼孤，由其姐撫養長成。他四歲能作文，七歲能寫詩，被視為「神童」。一九〇七年，他因寫論文罵孔子、周公，被天津譯學館開除學籍，次年改入天津北洋客籍學堂。一九〇九年秋，因領導反日運動又被學校開除。不久由天津赴北京，以第一名考入京師大學堂預科，與同學姚鵷雛、汪國垣、胡先驌、王易等相酬唱。一九一〇年，經汪精衛介紹加入同盟會。一九一二年，與柳亞子訂交，並加入南社。孫中山辭去臨時大總統職務之後，林庚白在上海秘密組織「鐵血鏟除團」，以暗殺北洋官僚和變節黨人為目標。同年，出任上海《民國新聞》（日報）主筆。一九一三年春離滬入京，主持國民黨在北方的機關報《民國報》；同年出任「憲法起草委員會」秘書長。一九一七年七月張勳復辟，林庚白隨孫中山先生南下護法，八月任廣州非常國會秘書長，九月兼任孫中山大元帥府秘書。一九二一年，受孫中山密派，到北洋第二艦隊做策反工作，未果。一九二七年「四・一二」政變之後，林庚白因對馬克思主義的唯物觀產生懷疑而一度消極，閉門讀書，研究詩詞。一九二八年國民政府定都南京後，他受聘為外交部顧問及南京市政府參事。一九三三年，他在上海創辦《長風》半月刊。此時他專事創作，所撰詩文甚多，並先後編校《庚白詩存》、《庚白詩詞集》，並撰寫《孑樓隨筆》、《孑樓詩詞話》等，成為南社的一員健將。

後來成為他的妻子的林北麗說：「我和庚白的正式認識，是到南京的那年（案：一九三六年），但是他的作品，我早已讀得很多，他的歷史也知道得很清楚，尤其他和某小姐（案：鐵道部女職員張璧）的戀愛曾轟動過全南京。他是我父親（案：林寒碧）的好朋友，所以每當我讀他的詩文的時候，我總想，難得這個『老頭兒』的思想這樣前進，難怪他也要和摩登小姐談起戀愛來。我的第一次見他是在亨利姐家裡，恰當秋天的某一夜，一個穿黃色上裝，銀灰褲的西服男子來趨訪，經女主人介紹以後，方才知道乃是聞名已久的林庚白先生。我十分驚訝他的年輕和瀟灑，一口流利的普通話，沒有會設想到他是閩侯人的。經過一度的閒談以後，彼此都很好感。一個服膺社會主義的人而善於算命，這真是一件太滑稽的事，我的好奇心使我也告訴他我的出生的年月日時，請他批命造。詩人的第一句便是『故人有女貌如爺。』命造的批語倒是很新奇而有時代化色彩，但從他的思想而言，到底是個極大的矛盾。」

林庚白曾引薦女作家謝冰瑩與柳亞子相識，據謝冰瑩回憶說：「庚白是一個耿直忠誠的朋友，他一生坦白，對人赤裸裸毫無半點虛偽，常把他十八歲就和許金心女士結婚，後來感情不合，精神痛苦的事告訴別人。」林庚白追求的名女人不少，前有林長民的女兒才女林徽音，林庚白在北平追之甚力，但終無結果。後來又追電影明星兼女作家王瑩，但沒多久，兩人就鬧翻了，據說王瑩認為林庚白有些神經病，天天盯得太牢，話又說得太囉唆。林庚白因懂得命理，他曾算出自己未來的伴偶必是一個才貌俱全的女人，後來遇著了林北麗果真如此。

林庚白一九三三年六月間在上海《晨報》連載《孑樓隨筆》，其中有則提到林宗孟和林寒碧的死，似有定數。云：「余雖服膺『唯物觀』，而結習未忘，於舊社會迷信之說，間有不能盡解者，詩讖其一也。林宗孟兄弟，與余相友善，介弟寒碧，丙辰（一九一五年）間主《時事新報》編輯事，數過從論詩。其死前二三日，以贈別之作見示，有『領取車行已斷魂』之句，意謂傷離惜別之情，使人不勝盪氣迴腸耳，詎竟以誤觸汽車死，真乃『領取車行已斷魂』，豈真冥冥中有定數在耶？

又甲子（一九二四年）春半，余方辦創《復報》，宗孟自瀋陽寄詩，有『欲從負販求遺世』之句，余報書戲謂『遺世而獨立，羽化而登仙』，赤壁賦中銜接語，君其將羽化也乎？翌冬郭松齡之變，君果死於亂軍中，奉天軍隊，以君狀似日人，恐釀成交涉，遂焚骸骨，真乃羽化矣。」其中林宗孟即林長民，也就是林徽音的父親。而另一則是有關林寒碧及邵飄萍的名字「不祥」，他說：「飄萍初不識余，以林寒碧之介請謁，遂與相諗。余嘗數語寒碧，『君之字毋乃不祥，碧矣，而又寒焉。飄萍則更謬矣，萍本涼薄之物，而又飄焉，其能久乎？』果無何而寒碧觸汽車死，越十年飄萍亦為奉軍所僇。一字之細，亦若有朕，讀者得毋譏其仍不脫封建社會迷信之觀念否耶？」。

對於林庚白的星命之說，其好友柳亞子在《懷舊集》中這麼認為：「君好星命之學，嘗探取當代要人名流之誕辰年月而推算之，謂某也通，某也蹇，某也登壽域，某也死非命。儕輩嗤為迷信，君縱談自若也。民國五年，遇胡樸安於都門，為言張辮帥之命，不出明年五月。及十年春，重晤樸安於西子湖邊，一見即曰：『五年都門之言何如？』蓋辮帥果於民國六年五月復辟而失敗也。此事之前，尚有一奇驗。時陳英士為滬軍都督，戎裝佩劍，英姿煥發，有威震東南之概。某次壽辰，諸朋舊為之晉觴祝嘏，君亦為賀客之一。既退，謂其友蔡治民曰：『英士恐不得善終。能在民國五年前，作急流勇退之計，則庶幾可免。』請治民乘間婉勸之。奈英士以身許國，不之從，果於五年被刺滬寓，即今之英士路。實則偶而言中，不足信也。」

而高伯雨更是有一番看法，他說：「林庚白的思想頗前進，常言服膺馬列主義及唯物史觀。但平日和朋友聊天，則喜談命理，有時還作遊戲式的給人排八字，出版了一部《人鑑》，把當時許多政治人物的八字羅列出來，說他們的結果怎樣怎樣。一九一五年袁世凱竊國，準備下一年元旦『啟基』，庚白就揚言袁世凱明年必死，相沖相剋，說得頭頭是道，老袁果然在一九一六年死了。因此人們都說他是『神機妙算』，找他批八字的朋友多到不可勝數，高興時他也樂於應酬。其實他並不迷信，他說袁世凱死，不過是他恨袁世凱叛國，乃利用社會人士的迷信心理，借算命來煽動民氣與咒詛袁早死而已，用心是很苦的。可是為了這個，後來卻得了不好的反響，就是他死在九龍時，有些人卻說他『對別人的命算得準，對自己的命反而不清楚，好好地安居在重慶，怎會到香港送死呢？』這實在不知道他談命理是隱晦的煙幕。他對當時袁世凱的政權很不滿意，時有批評，未免遭時忌，故此大談命理，又高談闊論，裝出一副狂士的面目，使當政的人不注意他，一提到他就說：『這人麼，狂人而已！』此乃庚白處亂世的哲學也。」

林北麗初次見到林庚白，有這樣的一段文字描寫：「除了有一個中國舊讀書人的駱駝背外，不細看，不覺得，小小的嘴，高高的鼻子，簡直有西方的美呢。」林北麗又說：「以後，他時常來亨利家訪我，某一個例假日，他邀我同去參觀一個漫畫展覽會，那夜，是第一次單獨地請我吃飯。在餐桌上，講起了他的舊戀人，忽然嚎啕大哭，嚇得我手足無措，從此這位矛盾的先生，又給我多了一個癡情郎的印象。我們的交往漸漸密切起來，但我始終把他當我的長一輩人，一直都尊稱他『白叔』，所以後來竟有人誤傳我和我的叔父結了婚。以後庚白每天都來看我一次，對我十分殷勤，無微不至，但是從來也不妨害我的學生生活。一個星期他總要寫三四封信，在知道我也能寫詩以後，又時常寄詩送我，信的內容那麼豐富，而又寫得那麼流暢而生動，詩更是充分地表現了他的懷抱和天才。這些詩和信，是從來不會因為來得太多而使我厭煩。所以與其說我傾倒庚白，倒不如說傾倒他的文字更確當些。他確是很聰敏，亦可講曾經周覽群書，談起問題來也很透徹。在他談社會病態和治療藥方的時候，每次都抓住了我的全心靈。在這個炎涼的社會和令人頭痛的世界，逼成我在他的身上又重新建築起我們的象牙之塔來。我常常想，如果我的『愛』的『力』能夠幫助他克服他的矛盾，能夠使這個被時代壓倒的人，使他在這個創造新世界的機輪上，發生些微的力量，那麼，我又何必吝嗇呢？由於這個觀點和希望，就在一九三七年春天，我接受了庚白全部的『愛』。三月七號那天我們就在上海訂了婚。」

當時林庚白四十一歲，是一個離過婚並且有五六個孩子的中年人；林北麗才二十二歲的大學生。因此她十分清楚林庚白一定不合於母親徐蘊華的理想，所以林北麗對於訂婚這件事事前並沒有徵求母親的同意，因為她了解母親最愛她，也是能原諒她的。林北麗並賦詩二首記事云：「曾俱持論廢婚姻，積重終難返此身。為有神洲攜手音，一觴同酹自由神。」「兩世相交更結褵，史妻歐母略堪思。春中他日蒐遺事，此亦南都掌故詩。」一九三七年九月二十六日他們在南京國際聯歡社結婚，證婚人是陳真如和陳公博。詩人徐蘊華有〈寄庚白、北麗〉詩云：「結褵剛半月，同作錦江遊。清福香兼艷，幽花淡戀秋。母憐兒遠嫁，夫唱婦能酬。白也才無敵，鴛鴦戰地謀。」

一九三七年聖誕夜，他們從南京往西逃難，為了躲避敵機的轟炸，火車經常開了一站，又退了兩站，這樣從南京到徐州走了整整一個星期。在徐州等了三天才擠上隴漢路的客車，坐了十天車才到鄭州。第二天卻碰到敵機濫炸鄭州，他們幸運的逃出了死神之手。大年除夕，他們到達漢口。之後，他們又輾轉到了重慶。在重慶住了四年，一九四一年十二月一日林庚白由重慶帶了家眷來香港，擬與旅港文化人共同探討社會形勢問題，還擬在港辦一日報，宣傳抗日，這一計畫得到了愛國華僑陳嘉庚的支援；另外還要籌辦詩人協會，以團結進步文化人士；撰著一部民國史。但甫一周，太平洋戰爭爆發，九龍隨即淪陷。林庚白住於友人家中，被日軍間諜誤認為國民黨中央委員，被日本佔領軍通緝，為避免累及眾鄰，十二月十九日下午，他和林北麗出門另覓避難所，走了幾百步到天文臺道口，遇見站崗的日軍喝問他何往，林庚白不懂日本話，伸手入衣袋取紙筆，意欲借文字說明他的意向，日軍誤以為他要取武器，便開槍向他射擊，怎樣死法，因當時林北麗也受了微傷，驚恐過渡，看不清楚。林庚白在遇害當天上午還寫下這首詩：「中流砥柱尖沙咀，艇子魚雷各有攻。轉戰倭夷飄忽甚；債興晢種劫持同。聲如爆竹疑雷震；勢是驚雷欲困蒙。得水蛟龍應一奮，餘生豈但幸民終。」該詩成為他的絕筆之作。而其遺骨當時草草掩埋於香港天文臺道的菜田之中。沒有棺木，也沒有墓碑。香港復原後，有人說林北麗曾去尋訪埋骨之所，但無從蹤跡了。林北麗有〈將去九龍吊庚白墓〉詩：「一束鮮花供冷泉，吊君轉羨得安眠。中原北去征人遠，何日重來掃墓田」。

而據唐之棣《香江詩話》記載：一九四七年十月，柳亞子再度到香港，想起五年前客死香港的蕭紅、林庚白兩位亡友，故有詩「碧血黃壚有怨哀，蕭紅庚白並奇才。天饕人虐無窮恨，更為賓基雪涕來。」柳亞子先後前往淺水灣、天文臺道訪尋蕭紅、庚白之墓，第一次，兩人之墓均未找到。後來，在友人周鯨文等陪同下再度訪尋，終於一一找到了。另據沈惠金給筆者的信云：「二〇〇六年五月十三日，我到上海拜訪林北麗先生，談到她前夫林庚白的墓穴問題。林北麗先生告訴我：林庚白一九四一年遇難後，葬於九龍。抗戰勝利後，孫科出面把林庚白等一批知名人士的遺骸遷葬到上海萬國公墓，當時的《申報》對此有報導。後來，林庚白的墓穴位置要闢為通道需要遷移一下，公墓管理方這時候又說這個叫了幾十年的林庚白墓穴不是林庚白而是另外一個人的，至於林庚白遺骸已搞不清葬於何處。北麗先生憤憤不平地說：『庚白早年投身辛亥革命、在抗日戰爭中獻出寶貴的生命，如今墓穴怎麼可以說沒就沒了呢？』她說她正在向有關方面申訴，希望能找到庚白之墓並立上一個碑，完成晚年最後一個心願。」

林庚白逝世後，他留下的文稿有政論、詩論、經論、小說、小品、隨筆等，而最有成就者是古典詩詞。其詩稿由柳亞子與林北麗編纂校訂為《麗白樓遺集》，內有《今詩稿》殘稿一卷、《麗白樓文剩》一卷、《麗白樓詞剩》一卷、《麗白樓語體詩剩》一卷、《麗白樓詩話》二卷、《虎穴餘生記》一卷、《水上集》三卷、《吞日集》八卷、《角聲集》四卷、《虎尾前集》和《虎尾後集》各一卷。

林庚白所作詩詞，具有盛唐遺風，又有時代特色。聞一多、章士釗評其詩詞「以精深見長」；柳亞子評價他「典冊高文一代才」。陳石遺的《近代詩鈔》選有他的詩，且稱其「早慧逸才，足與當代諸家抗手。」而他最所自負的也是他的詩，他在《麗白樓詩話》中說：「曩余嘗語人，十年前鄭孝胥詩今人第一，余居第二。若近數年，則尚論古今之詩，當推余第一，杜甫第二，孝胥不足道矣。淺薄少年，譁以為夸，不知余詩實『盡得古今之體勢，兼人人之所獨尊』，如元稹之譽杜甫。而余之處境，杜甫所無，時與世皆為余所獨擅，杜甫不可得而見也。余之勝杜甫以此，非必才能淩鑠之也。」高伯雨則舉出幾首詩中的句子來評論，他說：「如〈丙子元旦〉（丙子是一九三六年）句云：『身懸兩元旦，俗各有盤桓』。〈閏三月二十日生辰感懷〉云：『物慾希歐美，人情貌孔顏』。其中『懸』字『貌』字的魄力，非有別才，不能用此。又〈心灰〉一首的末句云：『一國如輪前又卻，循環忍見廿年來。』有議論，有見解，沉痛之至。〈答展堂從化來〉詩末句：『中原幾竭民終潎，貌取豪華直到今。』則等於社會經濟的論文了。」

南社的領袖、詩人柳亞子頗推崇林北麗的詩作，認為北麗的詩「非矯勵所得」，乃「質性自然」。他說：「後來淞滬兵敗，國都西遷，他倆由南京而武漢而重慶，奔走從亡，庚白的詩篇愈富，而北麗卻廢詩不作。大概當太太的人，是不大適宜創作的吧。同時，米鹽瑣屑，還有育女生男，也太把她累苦了。庚白在《麗白樓詩話》中提到她，說她『讀書頗有成，於學多能穎悟，而不求甚解，其詩畫棋七弦琴皆有心得，顧輒廢去，若無足措意，有《博麗軒詩草》一卷，歸余後即不嘗作』，正在此時。」

一九四七年林北麗再婚於高澹如（笑初），據沈惠金說，林北麗與高澹如相識於桂林，當時林北麗任職於廣西鹽務管理局，高澹如任職於桂林鹽務分局。

一九四四年日寇入侵桂林，緊急遣散時，高澹如負責轉移兩局的檔案資料，他幫林北麗把林庚白的詩稿安全轉移到昆明。林北麗則帶著五歲的女兒隨同桂林文化界幾位朋友經柳州、貴陽去了重慶。翌年秋，林北麗在重慶鹽務總局復職後，主動要求派往昆明，進入雲南鹽務局工作，和高澹如重逢於昆明鹽務分局。一九四六年，政府令閩籍工作人員去臺灣接收日本撤退後留下的機關，林北麗與高澹如被派往臺灣工作，一九四七年結縭於臺北。徐蘊華也隨北麗也去了臺灣。「二·二八」事件發生後，有友人相告，內部控制的名單上有林北麗的名字，也就是說林北麗有共產黨嫌疑。林北麗想，有些事是說不清楚的，一家人就回到上海。在上海考入中央研究院，解放後，中央研究院由中國科學院接管。林北麗工作單位是中國科學研究院華東分院（後改名為中國科學院上海分院）圖書館，一九五四年調到中國科學院上海藥物研究所圖書館（後改名圖書情報室），負責圖書、情報工作，直到一九八三年十二月退休。高澹如逝於一九九〇年，林北麗則和兒子林大壯一家人住在上海田林新村十村二十號三〇二室，二〇〇六年十月十五日，九十一歲的林北麗在上海安詳謝世。

《孑樓隨筆》於一九三二年十一月起在上海《晨報》連載，至一九三三年七月五日止，一九三四年八月由《晨報》出版單行本。林庚白在該書的〈卷頭語〉中說《孑樓隨筆》這個專欄是社長潘公展邀他寫的，他說：「同時我更感動於公展的幾句話：他以為近二十多年的中國文藝界，本來很缺乏這一類的文字，為了我個人的社會關係；和在政黨的歷史，寫起來必定『包羅萬有』，可以當做新聞或故事，也可以當做小說，戲劇，和詩詞話。是這樣的說法，喚起了我的惰性，《孑樓隨筆》也就跟著產生了。」

《孑樓隨筆》的內容確實如作者所言「包羅萬有」，由於林庚白從武昌起義時，和汪精衛等人組織京津同盟會於天津，響應革命，他不止是單做宣傳工作，還參加實際行動，他和吳祿貞聯繫，計畫以奇兵直逼北京，加速清王朝崩潰，後來吳祿貞遇刺身死，事才終止。民國元年他在上海與陳子範、林瑞珍、陳銘樞、魏懷、林知淵、葉夏聲、林森等秘密組織「鐵血鑪除團」，曾計畫謀炸往福建宣撫的前兩廣總督岑春煊，後因陳子範製炸彈失慎死難。林庚白在《孑樓隨筆》中說：「亡友陳子範，以郭家朱解，而兼有荊軻聶政風，辛亥鼎革，憤官僚軍閥之僭竊政柄也，則密與數四同志，組『鐵血鑪除團』，出以暗殺。」所以他對當時的一些人物多所交往，他說：「友人鄒魯、葉夏聲，同為粵籍，同為舊國會議員，又同為吾黨之早達者。夏聲少美好如婦人女子，魯則黧黑，貌不揚，然魯生平多豔遇，兩賦悼亡，而夫人皆傾城之選，夏聲則三十以前，頗自矜『不二色』，其後數置妾，類極醜惡，相懸有如此。」都是紀實也。

林庚白後來一直追隨孫中山，一九二〇年甚至促使討桂的大捷。他在文中說：「……孫公思有以竟革命之功，促炯明返旆討桂，時閩帥李厚基，屬於皖系者，迺資炯明以大宗軍火，厚基所部之師長臧致平，與直系有舊，陰使人扣留不發，孫公方旅居滬濱，遂召余與謀，余於是密邀胡漢民及皖系策士方樞，浙東師長陳樂山，又盧永祥代表石小川四君，以某夕集議於外灘之德國領事館二樓，議既定，間關走福州，為厚基致平，有所疏解，此大宗軍火，始獲輸送至炯明軍，討桂卒以大捷，未幾孫公即詣粵，重組軍政府。」此可視為珍貴之革命史料也。

由於閱歷之廣，使他看盡官場冷暖。他在談道仕進之道時，提出五字訣曰：吹、寫、拍、拉、跑。他說五者備，罔或不能致聞達。而對於一個傑出的外交家，他認為必須具備三要素：「曰眼光，曰手腕，曰魄力；眼光欲其銳，手腕欲其敏，魄力欲其宏。當斷則斷，不宜有毀譽之見存，而成敗利鈍，亦不必緦緦過慮，然此非識力絕遠大者不辨。」他認為如李鴻章者，也只可稱半個外交家，但「視今之挾琵琶，作鮮卑語，媚事權要，亦自炫為外交家者，固已高出萬萬矣。」

另外他提到一段中國外交上的秘史說：「袁世凱僭號『洪憲』，人咸以為出自『籌安會』六君子之勸進，而不知有國際背景在，蓋老於中國情況之故英使朱爾典實慫恿之。友人某君，曩為袁氏掌記室，數參樞要，曾出示朱爾典與袁氏祕密談話之副本，竟謂中國如帝制，英可相助，且允以疏通日本；言甘而意毒，袁氏果為所愚，以自戕其身。」而對於「三一八」慘案，世人都認為是章士釗主導的，林庚白則認為章士釗夙巽懦，無此膽力也。他根據他的同學賈德潤，也就是當時國務總理賈德耀的弟弟所言，提出不同的說法：「『三一八』之事變，由於當時與西北軍接近，號稱左傾之徐謙，揚言於眾，謂『與京畿駐軍之長官某某，已有默契。諸君第勇往勿却，必可奏效！』青年學子，深信其說，然徐固未得某某長官之同意。請願群眾，既麕集執政府，執政以迄閣員咸皇遽，以為是必某某長官之『取瑟而歌』，迨浼別一人與西北軍密者，電詢某某長官，長官答以『初無聞知，公等可毋疑！』於是而衛隊之槍聲隆隆矣。」他如有關「一二八」之役，世人都認為當局以不發援軍為病，林庚白說開始他也如此認為，後來他和當時任朱紹良總參議的友人李拯中談，「拯中謂當局於十九軍轉戰淞滬之日，即電屬紹良速撥精銳六師來應援，紹良以紅軍方勢盛，謀諸拯中，恐驟調六師去贛，防線必且鬆懈，多缺口，迺飛謁當局力陳，無已始改派張治中所部之兩師為援軍云云。」這些內幕消息多得自於當事者，有其相當的可信度，可為治近現代史者提供一份珍貴的史料。

他對北洋軍閥也有其精闢的看法，他說：「北洋軍閥之分崩離析，始於馮段之背袁，盛於直奉之畔段，而終於直皖奉之內潰。此其變遷與消長起滅之故，關於史料者至鉅，有可得而述者。蓋此中消息，類涉隱秘，而策士、黨人，操縱其間，其縱橫裨闔之工，亦因時、因地、因人、因事，而各異其跡也。」他在《孑樓隨筆》中有條分縷析，探因溯源的講述，足可稱之為「北洋軍閥史話」。因篇幅所限，就不再援引。另外他慨嘆在北洋軍閥統治之下，政黨、議會，皆成具文。他說：「國民黨之宋教仁，研究系之梁啟超與湯化龍，畢生精力，瘁於組閣，顧終不獲，且以身殉焉，可哀也已。夫國號共和，政尚議會，而民國十五年以來，國務總理，罕出於政黨領域中，以此而言憲政，雖千百年可知矣！」。

林庚白因交遊廣闊，詩人、文士、政客等皆有交往，同時也有他獨到的觀察。如他在書中說：「梁鴻志道其客丁沽時，有友介一女郎與遊，遂同詣平安電影院，幕方半，女郎暱就鴻志，探手於袴，且摩挲焉，鴻志為賦絕句二首，極雋妙，第不諗曾作妄語否？絕句云：『無燈無月光明夜，輕暖輕寒懺悔時。慚愧登迦偏觸坐，與摩戒體費柔荑。』又云：『鼎鼎百年隨電去，纖纖十指送春來，老夫已辦天涯老，欲賦閒情恐費才』」。由於是親聞於梁鴻志者，所以可以為梁詩之「本事」也。又他讀鄭孝胥之《海藏樓詩》，曾寫下〈題《海藏樓詩》〉二首，雖譏鄭詩多標榜忠孝之辭，但還是讚其「出唐入宋極研鑽，雄闊清新取徑寬。」而當時鄭孝胥叛跡未彰，等到後來鄭孝胥當上偽滿國務總理，林庚白在在《孑樓隨筆》中說：「鄭孝胥於清室遺老中，頗以才氣自矜許，其交親亦咸震於孝胥之名，不知孝胥雖自負為『縱橫家』，實僅一『熱中功名』之文人耳。」可說是一語中的。至於當時對李烈鈞娶部屬龔永之妻為婦，蔣夢麟娶好友高仁山之遺孀為妻，社會上都群相竊議，林庚白則獨不以為然。他說：「蓋世風丕變，而人道之義，方為中外有識之士所重，此虛偽之道德，正宜摧陷而廓清之，未足為烈鈞夢麟病。」他甚至還寫詩給蔣夢麟稱其：「結褵能善故人妻，大勇如君孰與齊？目論獨憐矛盾世，儒酸猶自說修齊。」確可謂特立獨行之士，其見解言論的確不同於流俗。

林庚白恃才自傲，目中無人，不可一世，自稱「詩狂」。《孑樓隨筆》一書論詩詞之篇章亦不少，如「凡詩、詞皆以意深而語淺，辭美而旨明者，為上上乘，於文亦然。試讀李杜之詩，二主之詞，便知此中之真諦。」他還指出同光以來的諸多作者，皆多「食古不化」者，喜套用古人的詞語，以為如此方稱得上「雅」。林庚白則認為字面無所謂雅俗，僅有生熟之別耳。他舉例說古時因是燃燈而有「剪燈吹燈」之說，而今日大家都使用電燈，何自剪之，吹之哉？他強調：「徒喜其字面之美，因襲不改，非僅『遠實』，直是『不通』。今人詩、詞，犯此疵累者，指不勝屈，幾使人不辨，作者所處之時代，與所經歷之日常生活，寧非笑柄？」。因此他不但大力提倡以新詞語入舊詩，還甚至以白話文譯法國詩人**Paul Vailaine**的〈秋之歌〉。這都由於他是一位傑出的詩人，對於詩的見解自然高妙之故也。

林庚白在《孑樓隨筆》的〈卷頭語〉中說：「我寫著隨筆，我想我畢竟是一個有閒階級，在這外患內憂和飢寒災荒交集的中國，還有『閒情逸致』，來賣弄筆墨，而且寫的是充滿了『趣味主義』的文字。」的確，整本書無處不充滿「趣味」。例如他說汪榮寶出使比利時，帶著小妾前往，但西方國家是一夫一妻，於是汪公使只得詭稱是他的妹妹，但過了一年多，使館的洋人群相耳語說：「怎麼這樣大的妹妹，到了晚上，老是跟哥哥睡在一床？」聞者絕倒。又談到人體構造，說人之器官，有兩孔的，有一孔的，大抵兩孔的只有一種用途，一孔的卻有兩種用途。「蓋目為兩孔，僅能視；鼻為兩孔，僅能聞；耳有兩孔，僅能聽；口以一孔而兼飲啖與語言之用；男女私處，以一孔而兼溲溺與生育之用也。」諸如此類筆墨，在書中俯拾皆是。

《孑樓隨筆》內容包羅萬象，是身為才子、名士的林庚白的所見所聞、所思所感，既有史料性，文筆又粲然，處處充滿趣味。能不稱為一本「奇書」乎？

# 卷頭語

雖是中飯後，而絲絲的細雨　帶來了黃昏時候的暝色，這使人不能不感着沈悶和幽鬱，尤其病後躲在悄無一人的三層小洋樓中的我，正被撩亂的情緒包圍住了，在迴憶着過去的一切，在想念着這眼面前像和尚而又不是和尚的味道兒。驀地聽到敲門的聲音，我自己由樓窗張下去瞧見公展先生，恰好這時用人和娘姨也都已囘來，於是開了門，請他上樓，談話中，公展還是很誠懇的特地來請我替晨報寫個隨筆。寫隨筆本很容易的事，這只是一切文字的垃圾堆，只是供給人們茶餘，酒後，或是在火車，輪船上消遣的玩藝，不需要參考的書類，不需要內容的組織，也不需要創作的天才，僅於憑着個人的見聞，理想，就可以寫成若干字，若干本，再便當也沒有的。但我這富於中華民族所特具的惰性之一人，却也會有些爲難；後來我想了想，我要寫點東西，除了利用這機會，來克服了惰性，慢慢地養成一個習慣，是永不會產生任何的作品，因此慨然應允了。同時我更感動於公展的幾句話：他以爲近二十多年的中國文藝界，本來很缺乏這一類的文字，爲了我個人的社會關係；和在政黨的歷史，寫起來必定「包羅萬有」，可以當做新聞或故事，也可以當做小說，戲劇，和詩詞話。是這樣的說法，喚起了我的惰性，孑樓隨筆也就跟着產生了。我寫着隨筆，我想我畢竟是一個有閒階級，在這外患內憂和飢寒災荒交集的中國，還有「閒情逸致」，來賣弄筆墨，而且寫的是充滿了「趣味主義」的文字。

庚白，一九三三，一，一一，於「摩登和尙寺」。

# 子樓隨筆

王戌秋間客昆明，偶於督署邂逅韓鳳樓參贊，爲言：川滇黔聯軍時代，與章太炎同居幕中，每宵分輒聞悉悉率率聲，自太炎室出，習以爲常，亦不之怪。一夕被酒醒，好奇心動，隔板壁窺之，則太炎先生方正襟危坐，取其行篋所貯紙幣，一一羅列於燈前，纍纍然綠、紫、紅、藍、黑、諸色，與燈光相掩映，太炎先生顧而樂之，口喃喃有辭，若者爲五元，若者爲十元、百元，檢點旣竣，復扃之篋衍，徐就寢，其錢癖有如此者。

袁世凱僭號「洪憲」，人咸以爲出自「籌安會」六君子之勸進，而不知有國際背景在，蓋老於中國情况之故英使朱爾典實慫恿之。友人某君，曩爲袁氏掌記室，數參樞要，曾出示朱爾典與袁氏祕密談話之副本，竟謂中國如帝制，英可相助，且允以疏通日本；言甘而意毒，袁氏果爲所愚，以自戕其身。原文余舊有迻錄，置平寓，會當馳書屬家人覓取，續爲揭櫫，亦中國外交上祕史也。

民元唐少川爲國務總理，年五十有二矣，乞婚於今夫人吳氏，時吳裁二十一歲，迺要唐以必去鬍，且盡遣妾媵，議始定。頃者陳友仁嘗蓄微鬚，與張靜江先生之女公子荔英結褵歐洲，年事相懸亦三十許，顧未嘗去鬍。二君同爲外交官，同以老大娶少艾，何鬍之有幸有不幸耶？

辛亥改革時，舊官僚詫爲天地古今未有之奇變，一時風氣所趨，力矯腐敗之習尚，嚮於舊京習聞之大人、老爺等稱呼，盡易爲先生矣。相傳徐世昌詣世凱，閽者報「徐先生來謁」，世凱赫然怒，詬閽者謂

「他是汝那一輩子的先生？」閣者亟改稱「徐中堂」，色始霽。茲事雖細，於以見世凱之心理與思想，蓋皆已陳腐不可救藥，宜其終畔共和也。

舊官僚而略具新知，揣摩之術，恆加人一等，迴非今之黨販、文氓，所堪望項背。北洋渠帥，習爲豪奢，遼東上將軍其尤也。所謂上將軍者，嘗與某部長博。部長固翩翩名流，頗以文章經濟自矜許，然爲保持祿位計，則亦日伺顏色於上將軍之側。一夕共博甚酣，上將軍負三十餘萬金，悉數作孤注，部長摸索得「天牌對」，僞爲「蹩十」，（「蹩十」者牌九中不入點也。）如所負償之後，託辭出，比復入局，又佯爲誤償者，出牌以示局中人，旋自退席，上將軍私甚德之。其機變誠不愧巧宦哉。

余雖服膺「唯物觀」，而結習未忘，於舊社會迷信之說，間有不能盡解者，詩讖其一也。林宗孟兄弟，與余相友善，介弟寒碧，丙辰間主時事新報編輯事，數過從論詩。其死前一二三日，以贈別之作見示有「領取車行已斷魂」之句，意謂「傷離惜別」之情，使人不勝「盪氣迴腸」一耳，詎竟以誤觸汽車死，真乃「領取車行已斷魂」，豈真冥冥中有定數在耶？又甲子春半，余方創辦復報，宗孟自瀋陽寄詩，有「欲從負販求遺世」之句，余報書戲謂「遺世而獨立，羽化而登仙」，赤壁賦中銜接語，君其將羽化也乎？翌冬郭松齡之變，君果死於亂軍中，奉天軍隊，以君狀似日人，恐釀成交涉，遂焚其骸骨，真乃羽化矣。

瀋陽楊宇霆，在奉軍中，功高震主，卒以此自僇，蓋猶是武人本色，失之麤疏也。然其才氣，有足多者。壬戌直奉之役將作，余銜命度遼，參與所謂幹部會議，宇霆出所草通電，有『黨爭藉口，以法律事實爲標題；軍閥弄權，據土地人民爲私有』之句，讀電稿時，聲琅琅若秀才舉人誦闈墨者然。蓋所指者新舊國會及直系軍閥，而得意揮毫之餘，忘其本身亦爲軍閥，不啻「夫子自道」，至可笑。

余與唐繼堯，初未謀面，己未冬，忽累電見邀，所以推崇者備至。會余將有事於滇，遂間關赴之。居昆明三十餘日，禮爲上賓，凡軍國大計，必數諮而後行。壬戌之歲，復招往，余勸其以滇事屬所部，而遴選精銳，自將入粵，佐總理孫公北伐，必可爲中原闢一新局面，繼堯第唯唯而已。一夕飲於五華山之陰，蓋繼堯私邸也，自帥府隧道入，林園幽邃，館舍美奐，儼然若「洞天福地」，繼堯故多妾媵，則羣居於此。酒闌留共話，余微聞其有煙霞癖，但款余與周鍾嶽時，必撤去，因知其懷安，語次頗委婉相喻，繼堯喟然曰，『衆難金石之言，我非不知，顧一念及，人生不過數十寒暑，功業何爲者！』余爲嘆惜。所策既不行，未幾引去。越五年，聞其部曲譁變，憂鬱死。此與李存勗之末路，蓋相彷彿。聲色、居室之奉，其誤人亦甚矣哉。

民國九年，直皖之戰，段祺瑞所部邊防軍，與徐樹錚新領之西北軍四旅，先後降潰於敵。時爲祺瑞策劃者，閩人曾毓雋、梁鴻志。洎直系戰勝，遂通緝此數人，以「安福」之罪惡歸之。余舊有哀河北文，文用駢儷，頗精警，惜不復記憶，僅記其中兩聯云：『陳陶短房公之氣，相州潰郭令之兵。知者以爲朱溫篡唐，禍由崔胤，不知者以爲安石誤宋，罪在惠卿。』雅有爲祺瑞與毓雋、鴻志開脫之嫌，實則北洋軍人以曁其依附之政客官僚，等是一封建集團，其意識與情緒之出發點，皆以封建社會傳統之思想爲其基礎，固不易軒輊其功罪、是非與善惡也。

同光以來舊詩人，大都「食古不化」，所爲詩雖佳，勘以經歷之生活，則遠不相符，且於新事物，堅不願入詩。余知李杜蘇黃生於今日，見之必將齒冷，蓋諺所謂『活人面前說鬼話』也。然新詩則又往往剽竊歐美詩人之唾餘，務求其貌似，而不顧及中國社會之生活，有未盡吻合者。余曩有關於黃包車夫之七律一首，又語體詩上海車夫三部曲三首，頗自以爲「鞭辟入裏」之作。錄之以質讀者：

途次人力車夫就余乞錢買燒餅

勞力方隅自萬千，悽辛最此損天年。忍飢到晚將求餅，及我停車暫乞錢。流俗錙銖徵近刻，匹夫道路倘能賢？國貧世亂交親蹙，端有無窮八口憐。

上海車夫三部曲

「黃包車」

黃包車，頂着風；車夫使勁望前奔。衣衫前後是窟窿，渾身淌汗眼發昏，水米不曾進喉嚨。車上客人臉紅紅，嘴邊啣着「白金龍」。斜披大氅猞猁猻，飯館出來去辦公。半天才到「老西門」，大罵猪囉豬祖宗。車夫使勁望前奔，水米不曾進喉嚨！

「包車夫」

包車來，雪亮新打成。車夫名字叫阿金，中飯起來吃點心。我們主人是明星，天亮剛剛閉眼睛。出門等到三點零，舞場、公司、卡爾登。叮噹叮噹踩電鈴，我比伙計們機靈，這樣才是生意經。他們整天跑不停，牌照還要幾兩銀，我們主人是明星！

「汽車夫」

嗚，嗚，嗚，汽車回，大小車夫坐並排，奴才還要使奴才，闖禍只要有錢賠；主人的油隨便揩，姨太、小姐，身邊挨。漂亮西裝高身材，走到旁處像「小開」。眼看下工親眷回，滿滿一車用手推，比起我來太吃虧。大小車夫坐並排，奴才還要使奴才！

「習俗移人，賢者不免」，此自中國之傳統觀念而言耳。其實社會之道德、習慣，類與其社會之組織，有密切關係，何者爲善，何者爲惡，初未有固定之標準，故此一社會以爲優美之道德、習慣，而在彼一社會之觀點，或適得其反。中國人士，囿於傳統之觀念，往往忽略此點。余嘗與友人言，男女在社會上，本應平等，然爲社會之組織所拘束，舍「社會主義」之國家外，幾無或眞正平等者。封建社會以氏族爲本位，故中國歷來，舉婦女屬於氏族，例如「婚」字爲女氏之日，蓋隱示婦女以嫁後乃獲有完全之人格也。觀於中國婦女冠夫姓，此又顯然表示屬於一氏族之意。資本社會以個人爲本位，故現代各國，舉婦女屬於個人，例如 Mariage 字，Mari 爲夫，age 爲年齡，蓋隱示婦女以有夫之年。觀於歐美婦女嫁後，輒稱爲某某夫人，此又顯然表示屬於個人之意，舉隅以類推，可知凡習俗皆社會之組織爲之，非必一成而不可變也。

中國舊文藝，有所謂「詩鐘」之體格，係以七字一聯爲定律，或任拈平仄二字，分別嵌入上下聯，或則任舉何事物，以性質絕不相類，或相類者，分別咏述之，前者爲嵌字體，後者爲分咏體。友人某君談及分咏詩鐘之一，洵可謂「語妙天下」，亟錄以餉同好，題爲「便壺」，「留音機」，上下聯爲『放眼洞觀天下勢，知音難覓個中人』。讀之使人捧腹絕倒。又「啞叭」，「盲子」，一聯；亦雄渾可誦，聯云：『萬事關心渾不語，一生到眼總無人』。

亡友田梓琴，直諒多聞，忠於革命，丙辰丁巳之交，共事國會，數集余寓齋，作撲克戲，戲則必屢負，蓋不善機詐也。晚歲思想益迂舊，所主纂之太平雜誌，文筆絕類墨卷。其尤足解頤者，清黨紀實文中數語：『何謂黨？有所標榜之謂黨。何謂清？不合濁流之謂清。何謂共產黨？言共產黨之言，行共產黨之行，風共產黨之風，是謂共產黨。』如此解釋清黨，更如此解釋共產黨，直是聞所未聞。余寄以一詩，有「斷爛陽秋盡付君」之句：梓琴怒，報書相詬，自是不復通音問。隣笛山陽，徒呼負負。

余夙不喜曾國藩所爲，偶翻其全集，有相人訣，造語皆深刻，略云：『邪正看眼鼻，眞假看嘴脣，功名看氣概，富貴看精神，風波看脚根，主意看指爪，若要看條理，須在語言中。』蓋非入世久，閱人多者，不能道其隻字。國藩與胡林翼，同爲滿清名臣，然當日中國國情及邦交，類極單純，而世界資本主義，亦甫孳長，猶是閉關之中國，若「太平天國」烏合之衆，本不足一擊，曾胡遭際時會，遂享盛名。觀國藩暮年在直隸總督任內，束手於天津教案，以憂鬱死，林翼見英公司小火輪駛入長江，乘風破浪，瞬息卽逝，輒駭然瞠目搖手曰，『此非吾輩所知也』，言已竟昏厥，則知博古而未通今，曾胡固亦阮籍登廣武原所謂「豎子成名」耳。

已故之閩人某公，廣蓄姬妾，顧五日僅一當夕者，且必先事於榻畔燃淡綠色電燈，徐裸露其妾，鞭私處至腫痛，始交接，謂非此不樂。以故妾多逃亡去，老遂塊然獨處，縱飲白蘭地酒以終。戚屬或附會迷信，以爲是非凡人，余則斷爲生理上自有其變態之搆造。近代醫學，愈益昌明，其將何以解之?!

曩在北平，偶與三數朋輩恣談，雜莊諧。梁鴻志道其客丁沽時，有友介一女郎與遊，遂同詣平安電影院，幕方半，女郎暱就鴻志，探手於袴，且摩挲焉，鴻志爲賦絕句二首，極雋妙，第不諗曾作妄語否?!絕句云：『無燈無月光明夜，輕暖輕寒懺悔時。慚愧登迦偏觸坐，與摩戒體費柔荑。』又云：『鼎鼎百年隨電去，纖纖十指送春來，老夫已辦天涯老，欲賦閒情恐費才。』

直系當權時，有所謂保洛兩派，保定派以王承斌，高凌蔚，王毓芝，吳毓麟等爲領袖，張志潭爲之謀士。洛陽派則爲高恩洪，孫丹林諸人，悉與白堅武相結納，一唯彼之孚威上將軍馬首是瞻。所謂孚威者，固主張俟平粵平奉後，徐圖擁戴「三爺」爲總統；「三爺」者，曹錕之別稱也。而保派則亟不能擇，欲先去黎，辦「賄選」。相持久，卒以承斌與舊國會議長吳景濂爲師生，用景濂策，主急進，時則號稱「小孫派」之議員，以溫世霖關係，亦踴躍將事。保派之主持選政者，聲勢益張，區分議員之價格爲若干等，其負時譽者，高或數萬金，次焉亦萬金，其在國會中，能號召徒黨著，價略相侔，普通之議員，則一律爲五千金。選舉之前一夕，麕集甘石橋俱樂部，作廣大之牌九戲，於是諸色議員人等，羣抱持紙幣或支票來；博場既張，佐以倡優，及其他娛樂，酒闌夜盡，此輩議員之青蚨，什九傾其囊橐而飛去。有與承斌等交厚者，則私自求益，極媚行煙視之態，名裂而財亦隨之。蓋中國士大夫階級之貪汚性，與憲政成一正比例，是亦今日倡爲憲政救國論者，所當一「長顧却慮」也。

　　吳佩孚於封建社會之道德律，與其傳統之學說，頗用自矜持，而使人「忍俊不禁」者，則値外賓請謁時，輒喜誇張中國之文化。如謂耶蘇爲老子之裔，老子過函谷關，蓋卽遠適西方以行道，觀於耶蘇之耶字，卽自老子名李耳之耳字而來，又言歐俗脫帽舉手禮，中國固已早有之，拿字卽其象形，皆妄誕無足稱。丙寅以陳嘉謨所領鄂軍之翼戴，復起主持北方政局，益驕恣。洎國民革命軍取長岳，佩孚之記室，以鄂督署急電進，蓋密告蔣介石到長沙督師者。佩孚方微醺，卽奮筆批云，『蔣介石到長沙，石沈於沙，其何能爲！』竟置不報。居無何，革命軍屢捷，且進逼武漢三鎭，佩孚始率所部，以靳雲鶚爲先驅，倉皇應戰，卒顛覆，汀泗橋之役，僅以身免。其幕客某君，事後語佩孚曰：『我公僅知石沈於沙，而不知「他山之石，可以攻玉」，此公之所以敗於介石也』，佩孚爲之恍然若失。

滿清初入關，其攝政王功高望重，相傳清帝順治之皇太后下嫁焉，雖於史無徵，而稗官野乘所載，似頗可信。兒時見一鈔本之筆記，載有順治恭賀大禮文全篇，駢四儷六，典麗無比，僅記其中一聯云：『正名定分，猶是夫夫婦婦之倫；治國齊家，庶幾長長親親之義。』長長親親，如此用法，可謂極文人之能事，不諗出誰氏手筆？

余嘗謂中國與歐美日本互市以來，僅有一個半之外交家，總理孫公其一也，餘半個則爲李鴻章。蓋外交家有必具之要素三：曰眼光，曰手腕，曰魄力；眼光欲其銳，手腕欲其敏，魄力欲其宏。當斷則斷，不宜有毀譽之見存，而成敗利鈍，亦不必緦緦過慮，然此非識力絕遠大者不辨。孫公於舉世反德之日而親德，終以獲革命之根據地；厥後又於舉世反俄之日而親俄，中國之革命史上，遂別開一新紀元。其功過俟諸千秋萬世，自有定論，今之厚誣總理者，不足辯也。孫公當時，實深知德與俄皆感孤立之苦，與中國同其利害，故毅然決然出之，較諸李鴻章僅知「以夷制夷」，固未可同日而語；顧平心而論，鴻章猶知「以夷制夷」，抑猶能「以夷制夷」，故自甲午迄今，東三省賴俄日之均勢以存，垂三十餘載。日俄戰後，而均勢一破，帝俄革命，而均勢再破，俄既自保之不暇，彼日本者，遂得肆其全力，以經營滿洲，浸成最近之局。然則如鴻章者，詎得以半個外交家而少之耶？視今之挾琵琶，作鮮卑語，媚事權要，亦自炫爲外交家者，固已高出萬萬矣。

閩人游漢光，北大舊同學也。年少有奇氣，所爲文雄深拔詭，出入於周秦諸子間，而新知亦頗豐富，課餘常就余縱談。一夕偶談及八體搆造，漢光謂吾人所具各官能，有爲兩孔者，有僅一孔，其兩孔者皆僅有一個用處，一孔者則必擅兩用，聞之幾使人葫蘆欲絕。蓋目爲兩孔，僅能視；鼻爲兩孔，僅能聞；耳有兩孔，僅能聽：口以一孔而兼飲啖與語言之用；男女之私處，以一孔而兼溲溺與生育之用也；可謂「匪夷所思」者矣。漢光又言，人體凡有孔之處，必有毛以掩護之，具見造物之於人，所以愛惜之者，如此其周且摯，亦「語妙天倪」。丙辰冬以病疝氣，詣同仁醫院施手術割療致死，年僅二十有一歲，余哭之以詩云：『「談空說有」極恢奇，苦憶西齋放學時。蘭蕙當門元早萎，龜蛇論相故難知。能通夢寐君如在，坐誤刀圭世共悲。七載江亭攜手地，「便宜坊」畔雪絲絲。』

偶與友人聚談，余謂中國如博局然，置身局中者，但終日營營於一己之利害，其在局外之人，又羣喜以「打勝家」相號召，譬如甲，乙，丙，丁，戊數者，平日雖極不相容，顧當其注全力於「打勝家」之際，輒暫能釋嫌，深相結納，迨其「打勝家」之目的既達，又泄泄沓沓然相冰炭如故，此真不可救藥之劣根性。

晚近青年，有一共同之弱點，蓋「懷安」與「虛矯」二者相習相摶，終以自腐其生命，此無間於某一階級皆然。以數量言之，所謂「布爾喬亞」之青年，如是者，什居其八九；所謂「普羅」之青年，則什或六七焉。以質量言之，所謂「布爾喬亞」之青年，生而「席豐履厚」，其躭於逸樂，好爲夸誕，固無足怪，何則，其教養之影響者深也。「普羅」之青年，則一方爲生活所迫，他一方又以「血氣方剛」，偏於情感，往往一知半解，輒自矜爲中國之馬克思，列甯，高爾基，挫折既多，氣質漸變，重以夙所未經之實際社會中，風氣所趨，類足以左右之，故自叛其所守者，非特太息流涕於認識主義之不正確，或竟賣友；並鬻其向所篤信之黨，甚且以主義爲裨販，而「中風狂走」，可哀也已。

比歲倡導新文藝者，於論列淸詩，每以黃仲則與龔定菴並稱，然兩當軒才力薄弱，迥非定菴之「氣象萬千」，所可等語。相傳仲則以詩干畢秋颿，有『全家都在秋風裏，九月衣裳未剪裁』之句，秋颿立畀以千金。此爲兩當軒集之名句，實則大類乞兒語，宜其窮薄以終，較諸定菴之『別有尊前揮涕語，英雄遲暮感黃金』，雄渾深刻，何啻霄壤？！

歐美社會，夙爲一夫一妻制，未嘗有置妾者。吳縣汪榮寶銜命使比，攜其妾往，詎知彼邦俗尚之黜妾媵也，則詭稱爲從妹。居旣一稔有奇，使館中憾獲異之，羣相耳語曰，『怎麼這樣大的妹妹，到了晚上，老是跟哥哥睡在一床？』聞者絕倒。

十年前，偶於戚屬座上，邂逅友人某君，時方自英倫歸，則聚談近代思潮及學說。某君故好作大言，又廉知同座皆瞢於新知者，輒謂其在法政學校授課時，每為諸生講述社會主義之沿革，自「第一國際」以迄「第五第六國際」，妙緒泉湧，咸為動容云。余比卽扣以聞有「第四個半國際」矣，所謂「第五第六國際」者，是何組織，願安承教；某君面紅耳赤不能答。

舊國會湘籍議員陳家鼎，熱中而好大言，較所述某君，抑又過之。譚組菴嘗語余，『陳家鼎行且以吹死』，亦略可知其為人矣。民國二年秋，欲得衆議院議長，然國民黨幹部，已決定推吳景濂，於是家鼎憤而組所謂「癸丑同志會」者，冀以羅致選舉票。旣召集成立會，遂標榜張皇於衆曰，昨美國總統羅斯福有電賀余，且詢及同志會之政綱，實則家鼎不解「旁行斜上」之字，其足迹更未一涉及歐美。又嘗以省親旋里，自以電告北平某報略謂：『某舟過長沙，沿岸而觀者萬人』。某報記者喜滑稽，與家鼎諗，則揭其原電於報端，爲之標題云：『陳家鼎好看煞！』顧有足多者，性至孝。丁巳復辟之變，奉其老母避丁沽，蝸居一室，飲食起居必躬親，了無倦容。

與家鼎同時號稱湖南三怪者，有郭人漳。人漳爲湘軍某提督子，少豪放不羈，通翰墨，能爲金石篆刻及書畫。早歲通籍，以兵備道出守瓊崖，與趙聲先後參加當時之祕密組織，蓋人漳雖湘軍子弟，而頗具狹義的民族思想，有志排滿，傳其技擊甚精，然卒以此自戕其身。歲壬戌癸亥之間，人漳嘗與某某等博，獲全勝，博進以二十餘萬金計。有某鉅商負人漳七萬金，約於一來復中盡償還，屆期詣索，則避不敢面，人漳恚甚，徐以掌拍案，碎其一角，肆中人咸爲駭然。突有七十許叟蹣跚自內出，溫語以勿爾，人漳易之，欲揮使去，叟微捻其腕，則大驚悖，倉皇歸，越三日而死。蓋叟爲世所稱少林之名輩，某鉅商與有雅故，先事乞其解圍，而不虞一捻之細，竟以死人漳也。

昆明呂志伊，南社舊侶，亦同盟會之幹部人物也。嘗譯日本某社會主義者詩三首，辭意並茂，亟錄以實吾隨筆。

社會不平鳴

上將少校之胸旁兮，羌有光其煌煌。此何物兮？是或文虎之勳章。
是耶非耶？曰非也，是乃士兵之頸血與腦漿。
宦門姬妾之鬢毛兮，羌有光其昭昭。此何物兮？是或生髮之香膠。
是耶非耶？曰非也，是乃平民之血汗與脂膏。
大資本家之玻樽兮，羌有光其溜溜。此何物兮？是或美酒之香檳。
是耶非耶？曰非也，是乃工人之血點與淚痕。

客有以仕進之道相叩者，余謂是有五字訣：一曰吹。吹者，視權要之所需而自炫其長也。喜文學者，則動之以文學；志在實業者，則動之以實業；辦教育外交者，則動之以教育外交，餘可舉隅以反。二曰寫。既吹矣；則權要苟或傾聽，必屬以草擬某某文件，自函電以迄條例、計劃、政策，各隨其所宜。三曰拍。此最不易；蓋拍之工者，不僅及於權要之身。將並其親暱而拍之；甚或姬、妾、婢、媪、弁、役，皆宜曲意相周旋；蓋此輩日伺其主人之喜怒，最易禍福人也。四曰拉。拉者亦人異其所拉，創銀行則宜爲之拉資本；在軍閥之側，則宜多方有以擴其兵力；其廁身黨委文人之列者，則以廣黨徒，或結納名流學者，爲進身之階，餘亦可隅反。五曰跑。彼權要既我用矣，勢將承命爲之四出應接。跑之爲用，宜勤，宜忍，宜忠順。五者備，罔或不能致聞達。亦有僅精其一二，已大有所獲者。若更深言之，豈惟仕進，將欲於此物質文明之社會求發展，舉必出以是訣。顧在資此以有爲者，猶可曰此「忍辱負重」也；否則幾何而不流於「卑鄙無恥」哉？客稱善而退。

青年某君以求愛之術爲問，余亦告之曰，是又有五字訣：曰七要三不宜。七要者，貌要不惡；心思要細；手腕要敏給；要多金；要多金而不吝；要勤於所事；要工內媚。然七要雖備，苟犯三不宜，將敗不旋踵。何謂三不宜？性情宜緩不宜急；面皮宜厚不宜薄；語言宜藏不宜露，是也。今之少年困於愛者，其愼旃！

世所稱「大世界中委」某君者，嘗求愛於同里某女士，女士未之許也。有就女士詢其究竟者，則謂彼人貌寢又不潔，余惡能愛彼？某君聞而求之益力。相傳曾於旅邸闢一室，招女士至，則長跽而求，繼以刃劃胸次作自僇之狀，女士屹然不爲動，某君亦卒未自僇，黨人戲以「大刀隊隊長」呼之。然無何女士與某君果已結褵矣，或以爲是「

中委」之功，余則謂成於「堅忍不懈者」亦半。

歲丁巳張勳復辟之變，黃陂先事有所聞，謀所以遏之者，會有贛籍某議員，夙以策士稱，與勳同里，兼係通家子，因密告於黃陂，將往說勳，以利害動之。既詣徐州，易藍袍青色馬褂請謁，執子姪禮甚恭，陳說數四，辭亦詭辯，勳慨然諾，允不復辟。比率所部入北平，則一夕之間，已易五色旗而爲龍旗矣。同時步軍統領江朝宗於「中州會館」集議擁戴時，出語偶不愼，某上將軍直前，批其頰。故余舊所作之章回體小說，有『中州館金吾受辱，徐州城老伯欺人』，蓋指此兩事也。

郭松齡之畔作霖也，欲自樹立一新勢力，而植其基於關外，徐圖號召中原，故舉兵時，羅致聞人，饒漢祥，王正廷，林蔭民等，咸在延攬之列，又屬其總參議蕭其煊招余，余遜謝，正廷亦未果往，往者僅饒林二君。松齡討張檄用駢儷，以李嗣源自比，蓋出於漢祥手筆，戰既屢捷，顧以日人之沮張，又部曲譁變，致敗。漢祥蕓民，各倉皇御「薄笨車」宵遁，途値奉軍，叱問誰某，漢祥悸而墜於車下，奉軍覩其面目猥瑣，衣履尤敝，誤爲奴輩，揮之使去，祕書鄧某亦鄂籍，氣宇軒昂，方華服高據車廂，羣以爲是漢祥，執之去，遂及於難，則知貌寢者，有時轉以此邀倖。

蕓民將就郭之前數夕，折柬約余與方聲濤飲於雪池寓齋，酒半，戲拈「戍」一字問休咎，余謂君必久留矣。迨松齡軍挫，蕓民之弟，以竄覓其兄蹤跡，偶相値，余忽悟蕓民所拈之「戍」，乃大不祥，「戍」者戈下不成人也，是必無倖免之理，已而果然。此自科學之眼光而言，不得謂非「迷信無稽」，然其奇中，亦正不可解。

五四運動以來，中國之文化，一新壁壘，自是而語體詩及散文，小說，日益不脛而走，然浸淫十餘年，舊派章回體之小說，猶屹然不爲少拔，此其癥結所在，實與整個的社會，相爲聯繫。蓋中國之新教育。初未嘗普及，而受新教育之「洗禮」者，又顯然分爲左右二派，左派文藝不僅「推陳出新」，且一蹴而自蒙「普羅文學」之皮，其停滯於右派者，則並語體而排斥之。矧社會之制度、習慣，暨一切事物，類皆新舊並存，更廣而言之，中國之社會組織，及其經濟之關係，因襲於封建社會之遺者，什猶居其六七，故所謂「封建社會性」，其流毒於人心根深蒂固，猶未可忽視，能識字讀小說者流，蓋什之七八，具有「封建社會性」者。智力之程，既有等差，其興趣宜相懸殊；重以鬻書報爲業者，不願傚忠於革新，惟求其營業之有利，章回體小說，至今風靡，有自來矣。

章回體小說，與新派之小說，等是語體，而章回體較爲「通俗化」

，讀之者易於了解，此固未可厚非，然嗜爲章回體小說者，其現代知識，類極比較缺乏，簡言之，則大都常識不足，故其描寫及結搆，頗少是處，蓋於現代社會之動亂，及一切事物與人的解剖，輒不甚了了，而强以刻劃舊社會一切者，爲其脈絡，「畫虎刻鵠」，至爲可笑。余曩讀春明外史，間有描寫徐志摩，陸小曼，王賡之處。此數君者，本自尋常，然志摩，小曼，賡，三人，卽各有其特殊之個性，志摩號稱純粹「資本社會化」之浪漫詩人，而仍有其什一之「封建社會性」，小曼則什之二三，賡則什之四五焉。如春明外史所描寫，直是一封建社會才子佳人，公子小姐，可謂全然不似。

晚近文士，求其能兼擅法國人所稱「真，美，善，」數者之長，得四人焉；於右派得謝婉瑩，卽世所稱爲冰心者，於左派得沈雁冰，周樹人、田漢，沈周，卽世所稱爲茅盾、魯迅者。婉瑩之作，類有所闇，而雁冰，樹人，漢，則較廣博。余尤愛漢之天才，雁冰之虹，亦余所喜，蓋詩情，畫意，哲理，可時於字裏行間見之也。

近十數年來，中國新舊詩人之作，每有足資談柄者，余曩見某某兩君，有北伐及中山陵詩，皆爲詆毀革命，厚誣孫公而作，姑不置論。其最可笑者，中山陵詩，悉舉舊籍所載孫姓之典實，加諸孫公，如援用孫策孫恩之類，惜不復記憶。北伐一絕云：『山東河北萬家空，靑史無雙北伐功。老死龜堂應不恨，生兒及見九州同。』龜堂爲陸放翁，以擬孫公，毋乃不倫，而辭意之謬，又其次焉矣。新詩則余於某詩人之集，見有『可愛她那牛奶一般的身體啊』之句，不禁大噱，身體二字之上，而冠以「牛奶一般」云云，抑何其「想入非非」耶？又章太炎輓孫公聯，用孫權及楚懷王典實，實亦不通已甚，蓋不僅謬妄，且過於不切也。

書至此，憶及輓孫公之聯雖夥，佳者似僅余及吳敬恆兩聯。余聯云：『是趙佗劉裕所難，若論事功今古僅』；『合林肯列甯爲一，獨嗟身世異同多。』敬恆聯云：『聞道大咲之，下士應多異議』；『貽謀後死者，成功不必及身。』皆精警，異乎太炎所撰。

民國二年，袁世凱以熊希齡爲國務總理。希齡與張謇梁啓超之流相標榜，號第一流內閣。時人戲爲之聯曰：『烏龜忘八旦，鳳凰第一流』，殊冷峭，蓋希齡隸湖南之鳳凰籍也；此與生輓康有爲之『國之將亡必有，老而不死是爲』，足以並傳千古。

癸丑壬戌間，世所稱天壇憲法者，余與江西湯漪實主其事，漪爲憲法起草委員長，余則以衆議院祕書長而兼主憲法起草委員會之祕書廳事。猶記癸丑十月，袁世凱將解散國會，時憲法草案甫脫稿，漪密謀於余，先一夕深夜繕送國會，翌晨而解散之令下。其後丁巳復辟之變，國會再被解散，余潛攜草案及印信走粵，歲壬戌，國會又復；余辭去祕書長，而此三草已之憲法，遂於曹錕賄選之日，黃紙硃書，懸諸天安門，然卒無裨於國家與民族，無裨於北洋軍閥之崩潰，並無以滌錕賄選之污。以論往迹，宜若余爲最忠於憲政者，顧私衷所見，竊以目前之中國似非適宜憲政之國家，矧今日世界潮流，憲政云；議會云，蓋皆已成「強弩之末」，將與所謂「資本主義」同其運命，是不得不望吾黨之勤於制憲者，有以因時而制宜也。

言中國政黨者，莫不知有國民黨與研究系，蓋左右兩翼之政團也。言研究系者，又莫不知有梁啓超、湯化龍、林長民，蓋皆其領袖也。然自研究系之萌芽，以迄其孳長，而盛，而衰，而渙散，爲之策進而操縱之者，雖啓超、化龍、長民亦奉若神明者，莫知有一蹇念益在。念益爲黔人，好機數，决疑定策，無大小，類能瞭若指掌。相傳蔡鍔、戴戡之潛入川滇舉義旗聲討洪憲，念欲陰實主其謀，而丁巳督軍團之毀法，亦念欲所授方略，則其功過，有待論定矣。

滿清末葉，粵中某巨室婦新寡，僅一襁褓子，族人覬其多金，則日伺其隙。會婦與僧人某私通，一夕，族人既偵知，乃糾衆潛入執之，以衾席捲焉，星夜馳赴縣署。時閩人劉某爲邑宰，先已受婦弟之賂十萬，揚言是必於內廨親訊，蓋預爲之計矣。比解衾，則此牛山濯濯者，已易僧而尼，族人相顧愕然，劉某始斥之去。此可謂機警，抑亦善於納賄者。以視晚近墨吏，動輒攫金凊畫，肆無忌憚者，倘猶爲賢而且智乎？

同學劉曼若之尊人，茗生先生，三十九歲時病篤，中西醫皆束手，已氣絕三日矣，家人以待曼若來始入殮，曼若既至，忽躍然起，大嘔吐而愈。洎四十九歲病卒，曼若之太夫人曰，是又將躍起，然而竟不復醒。此事亦頗異。

武人而貌恂恂如白面書生者，類精幹而深沈，余於北洋渠帥，見張作霖，南方則賀龍而已。初余以朱紹良亟稱龍之才，心識之，偶詣組菴，時龍適來謁，組菴乃介余與談，吐屬亦殊蘊藉，絕不類豪客一流。傳聞龍率所部至武漢，某蘇聯教官詢『賀師長是何學校畢業？』龍笑答曰，『綠林大學畢業』也。一時傳爲美談。

友人鄒魯、葉夏聲，同爲粵籍，同爲舊國會議員，又同爲吾黨之早達者。夏聲少美好如婦人女子，魯則黧黑，貌不揚，然魯生平多豔遇，兩賦悼亡，而夫人皆傾城之選，夏聲則三十以前，頗自矜爲「不二色」，其後數置妾，類極醜惡，相懸有如此。故余近作雪夜懷人絕句云：『鄒生黧黑葉英奇，豔福無雙醜妾隨。黨籍齊名關許事，人間不信有妍媸。』蓋紀實也。

閩士擅「詩鐘」之技。近見遺老某之「長」「遠」嵌字一聯云：『長治難期民已智，遠交鮮傚國多疑』，頗有現代之眼光，不類迂舊者所作。因憶及先君鑒波先生之「未」「絲」嵌字一聯云：『停針笑答年猶未，攬鏡驚看鬢已絲』，亦雋妙可誦。

南通張謇，以名狀元而兼土皇帝，蓋亦出入於清室與民國間之一怪物。謇早賦悼亡，與某氏婦情好綦篤，然「羅敷有夫」，彼此又囿於封建社會之舊道德觀念，不敢公然議嫁娶。婦固精於繡事，通翰墨，謇則迎主某女校，別於私邸左側，闢精舍居之，角落一門，「曲徑通幽」，其「意在山水之間」，從可想見。相傳婦之夫亦文士，謇歲有饋遺，戒勿往來。洎婦死，其夫謬欲以此恫嚇，冀獲重金，謇置不理。於是蒐集某氏初至南通時，謇與相通問之函札及篇什，都為一集，付諸流布。余見其中一短札，又絕句二首，皆出於嗇翁親筆者，悱惻纏綿，「興復不淺」，錄之以見舊官僚之醜態可憐也。札云：『汝定不來，我亦無法。今夜獨上西樓，看可憐之月色，此意又誰知之？』蓋某氏初至南通之一夕，謇約其夜話，某氏忸怩作態也。詩二首，則爲某氏與謇共攝之影而題，句云：『楊枝絲短柳枝長，旋綰旋開亦可傷。安得一池烟水合，長長短短覆鴛鴦？』『曾是春寒拂袂時，柳枝作意傍楊枝。不因着眼簾波影，東鰈西鶼那得知？』

袁世凱僭號「洪憲」之始，一時人士，趨走若鶩。時王式通爲世凱掌記室，晤對俄頃中，稱臣者至十數，其同列爲之語曰，『王書衡有臣癖』，書衡蓋式通字也。然傳聞段祺瑞誓師馬廠之役，首先以一旅自廊坊發難之皖籍某旅長，初亦嘗泥首宮門，張勳薄其官卑，且未御滿清制服，擯不令入覲，某憤而出都，故「志在必報」云，未諗確否？武昌劉成禺，有洪憲記事詩百首，並皆雋妙，獨遺此兩事，輒復泚筆及之。

有清一代，滿漢之畛域綦嚴，漢人雖位至宰輔，類有所牽掣，罔或逕行己志。張之洞晚年入相，作讀史詩，其一云：『南人不相宋家傳，悽絕津橋聽杜鵑。辛苦李虞文陸輩，追隨落日到虞淵。』於時清室方全盛，迥非南渡之比，而之洞隱然以李綱虞允文文天祥陸秀夫自況，無何，清果覆亡，蓋有慨而發，不意其成詩讖也。

清遺老辜鴻銘，精英文，而性特頑固，喜標榜東方文化。嘗與人論列婚姻制度，鴻銘謂中國舊式婚姻，譬諸置水於爐火之上，而徐俟其沸，則過程中之溫度，有增無減，近代之自由婚姻制，則譬諸已沸之水，自爐而委地，未有不冷者。其說甚辯，時賢中衞道之士，與篤舊者流，深嘆服之；余則以爲非是。蓋封建社會之婚姻制，尤以中國宗法制度之婚制，最不可爲訓，卽歐美資本社會之婚制，亦未盡善。

彼固同一以婦女處於從屬者之地位，所不同者，中國舊式婚姻，繩之以嚴酷之禮法，餌之以共同之利害，此殆視婦女若馬然，豢以芻豆，施以羈勒，則御之者控制自如，而馬亦馴服，情也，抑勢也；至於歐美之自由婚姻，則離合既可依法，利害又不必盡同，矧離異之婦，例得受贍養費若干，此爲中國舊制「大歸」所無，是則譬諸縱馬於原野，且盡卸其羈銜，其逸去，又情勢使然矣。

五四運動以來，語體詩風靡一時，少年人士，輒喜爲之，然晚近則書賈相戒，不肯出資購語體詩，蓋售去不易也。此其故，非由於語體詩不足以行遠，所謂新詩人，實階之厲！余遍覽坊間印行之語體詩，其全不押韻而取徑於歐美「自由詩」者，什居其七八，其倣法歐美詩人之用韻造句者，什或二三，前者直是一篇散文，其後者雖間亦不乏哲理與辭藻，然酷似歐美人之意境，不僅與中國社會之現實生活，頗有出入，抑絕不類東方民族心靈上之自然流露，一言以蔽之，則富於「摹仿性」，而缺少所謂創作之天才而已。朋儕盛稱余所作舊體詩詞，謂能以舊式之格調，寫新闢之意境，而又兼有真、美、善之長，顧未知余於語體詩，尤能戛戛獨造，別開意境，堪於語體詩史中，闢一新紀元。茲錄近作二首，質諸同好，此僅為余所作新詩格調之一種，差信近於自然耳。其一為「我懷疑」，詩如左：

閃動在馬路旁的影子，我懷疑，我懷疑你在陪着我走。樹枝兒被風吹得發抖，我懷疑，我懷疑你在抱着我腰。冷清清地，冷清清地，天上只有一顆星向我微笑。

又「記得」一首云：記得過去的一天。天上有星有雲彩，我們倆走到湖邊，那兒是幾隻小船。走進船剛好有風，剛好有月亮滾圓。風吹着荷花的香，月照着水珠兒晃。你那可愛的模樣！你那水一樣眼睛，你那音樂似的嗓，至今還在我心上。你拿了我的手指，和你自己的並排。並排地靠着電筒，要看『誰的血色差？』我穿着你鞋剛好，你不好意思的說：『我的脚太是大了。』啊！我真不敢再想，我只想再有一天，你完全是我的人。輕輕地在擁抱着，低低地在喊「親親」。假使再有一天，我願意敲碎了心，我願意毀了魂靈，我願意陷在泥淖裏萬劫不能翻身！

曩張某與劉半農，爭論新舊劇，張頗以半農不解舊劇中之臉譜爲誚，近頃蕭伯訥質梅蘭芳，又深詆舊劇之鑼鼓，或則爲鑼鼓致辯，余以爲皆非也。舊劇之必不能改良，尤不宜使之持續，此中固有至理在。何則？舊劇皆成於封建社會之時代，閉關生活之中國，其作用在敦風厚俗，其基礎則以中國數千年以來傳統之忠、孝、神、怪、義、俠，爲根據，欲言改良，直無從改起。晚近「質勝」，宴安逸樂，習爲固然，中於人心，必欲以戲劇轉移社會之觀聽，宜首重「戲文」，「卽劇中情節是」，臉譜鑼鼓之有無，迺其末焉矣。然舊劇苟不廢棄，則徒增中國社會不進化之印象，使士大夫迄於齊民，盡陷於矛盾之觀念與心理中，而仍無救於宴安、逸樂之弊，蓋不切於今之世情也。此其害殆不可勝言！

中國舊有之物，自文字以至典章、風尙，莫不與舊社會之制度相表裏，亦皆與所謂「社會經濟」攸關，此篤舊者流所不可不知，而革新之士，尤當窮其癥結所在，善爲之針砭也。譬諸「字」然，「富」字爲家有一口田之象，蓋隱然可知農業社會之人民，其唯一產業在耕種之地也。分貝爲「貧字」，此又與載藉之『一夫不耕，或受之飢，一女不織，或受之寒』，互爲印證，於以知疇昔之農業社會，其社會之經濟，以勞力爲原則也。書至此，憶及京師大學卽北大某德國教授，通曉華文，嘗於講席釋「家」字，某教授大言，「家」者宀以內一窩豬也，此可知中國人之不潔無知識。諸生譁然，羣起而攻，卒以侮辱罪去職。實則「家」字之義，信如某教授所言，特古人於民生，務求其「蕃滋」，故多男子與多福壽，並稱於「華封三祝」，「家」字從豕，蓋取「蕃滋」之義爾！所惜者，知「蕃滋」而不知「優生」，遂以養成數千年相斫之局，浸假而流爲今日之孱弱，「履霜堅冰」，由來者漸矣。

陳炯明之亂，竭粵桂湘滇諸軍之力，僅乃盪平，時滇桂軍最精銳，軍力亦最雄厚，其渠帥又貪狠，寖成「尾大不掉」，迨後討伐楊劉一役，戰旣捷，希閔震寰所部奔潰，希閔之副司令趙某，竄身田間，農人或尾隨其後，趙某皇遽，探囊出紙幣相賂，則港幣纍纍然以數千計，農人始揣知其爲「高級官」，則鳴金聚衆執之，趙某奮鬪以斃。

是蓋多金適以賈禍，所謂「虞叔懷璧」也。

亡友陳子範，以郭家朱解，而兼有荆軻聶政風，辛亥鼎革，憤官僚軍閥之僭竊政柄也，則密與數四同志，組「鐵血剗除團」，出以暗殺。徐寶山之死，鄭汝成之刺，皆「剗除團」所募死士爲之。刺鄭時，子範已不及見矣。與其謀者，余與魏懷、林森、林知淵、葉夏聲等六七人，而陳其美、張靜江，實資之以財，俾鑄炸彈，購手槍，供行李乏困之需。歲癸丑，偶親試彈力致死，林森爲之營葬於西子湖孤山之麓。然儕輩僅知其任俠，子範固「文通武達」者，嘗出其詩詞見示，頗有獨到處，惜僅記斷句云：『憑渠江水都成淚，駔儈何曾解斷腸！』蓋爲某女郎而作。晚近以來，官僚軍閥，猶陰爲革命之梗，安得復起子範於地下哉！

以舊詩詞而寫新生活，工者罕覯，余頗私以此自負。偶詣霞飛路之「國泰影戲院」觀影劇，得菩薩蠻一闋云：『柔腸悄與歌聲接，電光人意相明滅，如夢復如煙，情絲一縷牽。壁燈紅似血，怎似儂心熱？絮語不多時，殷勤問後期。』

事有軼於常情之外者，羣以爲是必有數在，其實偶然耳。貴陽陳夔龍除豫撫時，與駐豫之某參將，積不相能，思疏劾之。淸制督撫皆兼領軍務，某參將聞而惴惴，意若萬無倖免理，顧負累綦重，又勢不能乞休。未幾夔龍奉詔入覲，思面劾，洎「廷對」，慈禧后忽垂詢：『駐豫將領中，亦有一二淮軍舊人否？』某參將適起家淮軍者，夔龍猝無以答，不得已舉某參將名，初猶思續以他語，而慈禧不復問，隨「叫起」，「叫起」者，退覲之別稱也。翌日則諭擢某參將爲大名鎭總兵，夔龍私詢「小軍機」，硃批赫然，有「陳夔龍面保」五字，始嗒然若失。十年前，叔兄肇煌綰上蔡縣篆，會有方某乞權要電薦，必欲得上蔡令，豫當局遂以叔兄他調，然方某履新僅五日，匪陷上蔡城，夫婦俱被擄。此與前一事稍異，而因失反得，則頗近似，並錄之。

近頃中國文士，喜標榜「幽默文學」，顧其內容，去「幽默」甚遠。高者頗類笑林廣記，亦或一二似世說，其十之六七，直是「新一見哈哈笑」，未足以盡歐美所謂「幽默文學」之事也。余謂魏晉人喜清談，喜服「散」，今之鴉片與「散」同，「幽默文學」與清談同，適足以彰民族性之墮落及其沒落。蓋東方民族性，本自萎靡，安於惰，習於貪，尤好「不負責」，鴉片爲惰與貪所釀成，而富於頹廢，滑稽性之「幽默文學」，則「不負責」之顯而易見者。昔賢謂清談亡國，余則謂「學焉而未能」之「幽默文學」，亦未始不足以亡國而有餘！

譯歐美詩爲中文詩，其事至不易，蓋作者之意境與句調，既求其吻合，復格於中西之韻律，苦難盡善，倘遂以己意爲之，則非譯述矣。余曩譯法人衞廉士詩，頗自矜許，蓋先是余譯原作爲語體，諷誦久，覺其不甚佳，改譯爲浣谿紗詞，乃大妙。玆錄於左。

（一）語體譯文

秋之歌。譯法國詩人 Paut Vailaine 作

秋天的梵亞林裏面，
拖長了哀音。
這唯一悽寂的聲調，
真叫我傷心！
當着晚鐘的時候，
充滿了悲哀同抑鬱。
我只有哭了，
迴想起舊日。

去吧！
無情的秋風。
牠帶着我往這兒，那兒；
彷彿是枯葉在空中。

## (二)文言譯文

浣谿紗「秋辭」

悽厲秋音去未窮，傷心不待梵琴終，黯然只在此聲中！
往日思量空濺淚，滿懷悲悒怯聞鐘。身如枯葉不勝風。

總理孫公之以海軍入粵護法也，程璧光實翼戴之，洎璧光被刺，海軍中人，漸趨附桂系軍閥，孫公益感於孤立，事多掣肘。先是，廣東省長朱慶瀾，有衞隊十營，慶瀾將去，則因汪兆銘之介，兆銘又數爲孫公通大元帥府與桂系兩者之驛，遂以此十營畀陳炯明統率，炯明固陰鷙狡黠，頗不爲桂系所猜忌，得擴充成軍，密承孫公之命，相機進取，而移師攻閩，實所以植其力。逮後師次漳州，南北之形勢一變，所謂廣東軍政府者，與北方直系軍閥，潛相結納，南有滇桂之爭，北有直皖之亂，孫段張合縱之局以成。孫公思有以竟革命之功，促炯明返旆討桂，時閩帥李厚基，屬於皖系者，迺賚炯明以大宗軍火，厚基所部之師長臧致平，與直系有舊，陰使人扣留不發，孫公方旅居滬濱，遂召余與謀，余於是密邀胡漢民及皖系策士方樞，浙軍師長陳樂山，又盧永祥代表石小川四君，以某夕集議於外灘之「德國領事館」二樓，議既定，間關走福州，爲厚基致平，有所疏解，此大宗軍火，始獲輸送至炯明軍，討桂卒以大捷，未幾孫公卽詣粵，重組軍政府。此事頗關革命史料，爰泚筆誌之。

譚延闓爲國民黨柱石，世多知之，而不知延闓雖早隸黨籍，顧初以黃興同里之雅，於孫黃無所左右袒。歲庚申趙恆惕以所部叛，延闓迺因周震鱗請於孫公，願討趙爲北伐先驅。自是厥後，盡瘁革命，大有造於黨，蓋湘軍慓悍善戰，延闓又負時望，得士心也。故余雪夜懷人絕句，關於震鱗一首云；『籌筆從容庾嶺隈，推賢能盡組菴才。中興黨史分明在，手挈三湘子弟來』。

延闓負緯武經文之才，勤於治事，虛懷接物，彌有足多者，惜其生晚，限於時會，無以彰其賢，甚者世或以「模稜」譏之，然余知延闓固有心人也。流俗之評，惡足輕重?!丁卯寧漢合作後，主南都中樞，有遊秦淮絕句云：『重橋行盡轉荒涼，舟過微聞菡萏香。圓月澄明高樹靜，不堪回首望燈光。』寥寥二十八字，政不知有多少感慨?!

同盟會爲國民黨之前身，其於中國之革命史「如驂之靳」，自不可漠視，然同盟會志士，初僅囿於狹義的民族革命，蓋無可諱，故舊日朋儕，十七皆不脫封建社會之意識與情緒。世所稱爲「籌安會」六君子之胡瑛，亦同盟會健者也。繫獄時，以某獄吏之力，得不死。獄吏女又數數爲之料理衣食起居，情深一往，瑛私甚德之。比辛亥改革，瑛赫赫然新貴矣，遂與結褵，顧前此瑛文定姚氏女，則於一日之間，相攜「賦催妝」。客有諗知姚女能詩者，於嘉禮告成時，紛就而索句，姚援筆立成一絕云：『華堂今日試紅妝，爲賦新詩下筆忙。自是東風能着力，天教並蒂屬英皇。』詩固不惡，而以娥皇女英自況，瑛亦欣欣然有喜色，殆隱然自居於舜，其思想之溺於古若此。

戚屬某君，新自倫敦歸，偶與余談及跳舞，余頗示不甚贊許意。某君誤以爲余思想迂舊，則告以跳舞實爲「資本社會」風尙中矛盾之一，蓋旣已袒臂入抱矣，無論其距離何若，尊重何似，要其肌體之親昵，已超於夫婦尋常相處以上，而與所謂 Embrasser 相若，僅少一吻耳。夫「資本社會」，一方以男女間生理之需要，視爲神祕、穢褻，其法令及道德律，亦以爲此當屬於一人，顧他一方，則於什百倍於「意淫」之跳舞，擬於禮節，羣相傚尤，自欺欺人，矛盾孰甚?!此較諸「封建社會」之「男女授受不親」，共產社會——（包涵馬克斯主義與安那其主義而言）之「性交自由」，各能自成其一貫之系統者，殆皆有愧色。因憶及癸亥暮春，同學胡先驌招飲於金陵之海洞春，座中南昌楊銓君，深以余之說爲然，更從而引伸之，謂有基督教學者某英人所著性的心理學一書，亦極排斥跳舞，甚且謂數相跳舞之男女，罔不趨於旅邸幽會之途，有於舞場中遺精而不自覺者。此雖從基督教之僞道德立場，張皇其說，與余異趣，而跳舞之爲「資本社會」風尚中矛盾之一，固不可掩也。

余譯法人衞廉士「秋辭」，其「語體」及「文言」譯文。已並紀如前，更以作者原文補誌於此，以供參閱：

Chanson de I' authome.
Des songlots lons,
de violant de I'authome,
Ble'se mon coeur'
D'une longuer monotone.
Tout suffocents,
et ble'me quand sonne l heure,
Je me souvicnt des jours encients,
et je pleure,
Je m en vais,
au vent mauvais qui m'emrorte.
de ca' de la;
Pareille a' la
feuille morte.

北洋諸將，稱王士珍、段祺瑞、馮國璋爲三傑，有王龍、段虎、馮狗之目。然所謂「龍」者，舍於北方梟帥內鬨時，數作魯仲連，及丁巳復辟之役，曾一參「密勿」外，迄無所表見，流芳、遺臭，兩無能爲役，抑豈所謂「葉公之龍」耶?!

中國所謂命數之學，蓋陰陽家支流也，與古代之讖緯，西方之預言，同一妄誕。然士大夫階級以迄齊民，信之者，嗜之者，什且八九，晚近則歐美留學之新少年，亦習焉不倦，此由於東方民族之進取心與自信力，皆極薄弱，人懷僥倖，而命數之學始昌。矧封建社會與「宗法制度」，二者實宰制數千年以來之中國，彼皆有利用命數之學，以愚黔首，變世風者在也。聞陳炯明之將畔也，初猶豫不決，密謀之於策士某，某故擅子平術，輒語炯明以速發勿遲疑，其所挾之理由，則謂『炯明之八字，「丁丑，癸丑，辛卯，癸巳，」為「龍虎夾貴格」，在疇昔必為帝王，今亦當貴為大總統耳，孫文何足慮？』於是而圍攻帥府之變迺作。炯明既陷為革命之賊，譽以「龍虎夾貴格」之某策士，後且死於亂軍中，不可謂非命數之學有以誤之。

盧永祥為言，客瀋陽時，嘗於廣坐中，見作霖之祕書長鄭謙，以電稿進，作霖方不懌，則擲諸地，叱曰『媽那巴！』蓋遼甯人罵人之村語也。謙面色自若，徐俯而拾之以退。永祥頗薄其爲人，然謙卒以致江蘇省長。有類此一事者，則僞滿洲國之駐日大使鮑觀澄，初亦依附軍閥之一人，從田維勤爲總參議甚久，維勤偶病不能起，觀澄則躬爲之捧溺器，余覩而慨嘆，逆料觀澄之終於遺臭也。或云謙與觀澄咸工「內媚」，能以舌舐婦女私處，得奇快。此雖不可知，要自其操行觀之，或亦屬實。

歐美人久於中國，每與東方民族同化，而卑污貪狠，容又過之。閩人羅豐祿居李鴻章幕中，鴻章頗禮遇。一日，偶以故忤鴻章，鴻章厲色作合肥土語相詬。豐祿方年少氣盛，以爲「士可殺不可辱」，是烏能堪，出而檢行李，將襆被去。同寅有德人某君，笑喻豐祿曰，『大丈夫何悻悻乃爾！子之事中堂也，豈不以中堂爲階梯，今則升堂登樓之未逮，詎自棄去，甯忘爾古人所謂忍辱負重乎？』某君蓋旅居中國，已二十餘稔者，且通曉華文，故云云。豐祿深然其言，遂不復言去。他日鴻章復召入，溫語謝過，無何，外除以英義比三國公使，此德人可謂善於揣摩者矣。又海防至雲南，經安南國境，沿途法國吏胥，搜檢至嚴酷，行賄則否。贛籍某議員，嘗銜命爲唐繼堯代表南來，過安南之河內，適天氣酷熱，某私攜鴉片二十兩，懼吏胥之相厄也，則裹而密縛於袴，時方盛夏，炎蒸不可耐，鴉片味洋溢四達，吏胥執而搜之，果爲違禁之鴉片，方厲色將有所爲，某亟以特別護照出示，且書一紙云：『我爲唐總司令代表。』法人比即詰以『子位居何等？』某大書云：『很大很大，與總司令相等。』此吏胥旋改容，但囑其少待，既而向「舌人」作耳話，就某索千金，某無如何，賂以半數得免。是又與某德人之事異，而其爲勢利無恥則一。

遺老某鉅公，老而彌嗇。余客北平時，偶詣訪之，見米店收賬者至。某鉅公叩以『今日米價何若？』則答云『每担十元』。某鉅公笑謂，『然則前此所購之七担，當作今日市價償還爾。』收賬者皇遽，卑辭以請。座適有別一遺老，曾任清御史之葉某，亦從而爲之說辭，某鉅公始勉强畀以所值，至爲可笑。然某鉅公於國學，極精湛，所爲詩、詞、駢散文，咸沈博絕麗，尤工輓對，嘗於旅邸有句云：『登降安便不我勞』，蓋爲電梯而作也，此與閩李宣龔在火車中之『車行追落日，淮泗失迴顧』，同爲舊體詩人中之善於描寫新生活者。

清末廢科舉，甲辰一科，所以結束有清一代科舉之局，國民黨與研究系人物，頗有出身於是科者。相傳是科之會元，初已內定閩舉人林志煊矣，尋某考官得譚延闓卷，詫爲僅見之作，乃持以力爭，而延闓書法學顏平原，頗得其神髓，志煊弗逮也，議三日，卒定以會元畀延闓，此書法得元者。甲午則異是，時中日方交惡，廷議重時事，故駱成驤雖書法劣，而條對精詳，竟擢狀元，歷來狀元之不善書者，無如成驤，蓋時會有以成其名也。又戊戌之變，梁啓超深爲清那拉后所惡，洎舉經濟特科，第一名爲梁士詒，亦粤籍，主者不敢以進呈，遽易十一名以次之十卷，爲前第十名，於是滇之袁嘉穀，遂列第一人。余於庚申游昆明，去城三十里，見有石碑巍然，書「大魁天下」四字，卽嘉穀所樹。中國人之熱中功名如此！

猶記袁世凱時代，授梁士詒以勳一位，士詒適爲總統府祕書長，乃自撰授勳文，有句云：『比唐家之房杜，謀斷兼長；方漢室之蕭曹，指揮若定。』隱然以開國功臣自況，此與楊度之『臣本布衣，得封於留已足。』皆饒有封建思想，宜其與度，同以參與洪憲帝制獲罪矣。

蔡鍔與楊度同里，又同爲研究系健者，然度以洪憲勸進獲罪，且身敗名裂，鍔則以討伐洪憲，垂不朽，其有幸有不幸若此。歲丙辰，洪憲既覆，鍔亦旋病歿，時度在通緝中，輓以一聯，甚佳。聯云：『戎馬戰功多，即今豪傑爲神，萬里山川皆雨泣。東南民力盡，太息瘡痍滿目，一時成敗已滄桑。』倘所謂「善於文過」者歟？

「南社」爲清末黨人中篤好文學者所結合之社團也，頗致力於民族革命與民權革命，柳亞子實爲之倡導。余以辛亥冬南來，於陳子範案頭，見南社詩選，有亞子題洪北江集一絕云：『投荒萬里歸來日，猶自題詩頌聖仁。臣罪當誅緣底事？昌黎誤盡讀書人。』心識之，遂因子範與林之夏之介，得定交，相見恨晚。亞子所爲詩詞，工力兩擅場，且不爲古人所囿，此殆其思想使然，不盡關於才氣。年少時，頗有衛玠璧人之目，賣花女郎，至誤呼以「大小姐」，朋輩傳爲美談。性豪放，嗜飲，中歲以來，則深沈避席矣。其長公子旡忌，女公子旡非，无垢，皆英絕能文。无垢尤秀外慧中，美而多才，善爲今體散文及小說，而思想孟晉，又突過乃翁，余於士大夫階級之閨秀中，罕覯其匹，所著菩提珠短篇小說集之墓中人一篇，狀小資產階級與普羅階級間之生活，文筆極流麗自然。无垢嘗自短其小說欠結搆，余則以爲其佳處卽在不待刻意結搆，而自然神妙，如「初寫黃庭，恰到好處。」玆略舉墓中人篇中數語，當知余所賞不謬。

『她囘家了，這是我們都認爲必然的吧？但奇怪，三天後，她又來了！

『這是甚麼一囘事？使我見了她，記不起昔日的可愛來。

『「她竟換了一個人了？」當她含淚走進我房中時，我忍不住低聲的喊出來！她懶懶的打掃着，寸步難挨的在搬動四肢。

『「你休息去吧，我自己來打掃便得了！」我憐憫地說：，也許一半帶着不滿於她的行爲?!

『「不，小姐，我可以……但……天氣怪熱的，我也沒有生病，你，你，……你自己寫信吧！你知道，像我們這樣的窮人，是的，直到生命結束時，還得把所有的精力耗盡才得呢！唉！……」她嗚咽地流淚了。』

觀於「記不起昔日可愛來」，與「我憐憫地說，也許一半帶着不滿於她的行爲?!」數語，小資產階級中閨秀心理之自然流露，可謂「躍然紙上，」蓋旡垢「現身說法」，乃能如此「唯妙唯肖」，此則自然之結搆，有勝於「做作」之結搆矣。至於「像我們這樣的窮人」一句直至「唉！」一字，何等沈痛?!何等深刻?!何等眞實?!然旡垢於屬草時，殆亦僅依女傭原來之語，而一一筆之於書耳，初未嘗加以藻飾，而遠勝於雕琢者萬萬，眞天才也。晚近所謂「女作家」，直當望而却步！（附注）墓中人係描寫一女傭有所私而墮胎事。

閩楊仲愈，清末才子也，嘗佐沈葆楨幕府。葆楨方爲船政大臣，以十萬金畀仲愈，使詣上海購軍火，仲愈至滬，則於某日遍徵名妓，倡爲「裙釵會」。妓之參與者，人各贐以一箑、一巾、一釵，仲愈自爲之寫作，極一時之盛。返而復命，葆楨怒，欲置諸法。仲愈乞假以半日，理髮更衣，既竣，則草一駢儷長函致葆楨，哀感頑豔，辭尤詭辯，葆楨奇其才，得不死。兒時曾讀傳鈔之稿，有句云：『魯囚越石，感大夫知己之恩；晚節李嚴，冀丞相他時之用。』隸事精警，故是佳搆。仲愈爲同治中某科殿元，所作三不殆論，通篇用左傳典實，亦壯麗傳誦。又其友某於觀音菩薩之誕辰，喫荔支暴卒，仲愈撰輓句云：『蓮葉爲舟，大士載來君載去。荔支下酒，浮生如夢醉如歸。』頗雋妙。

滿清同光間，卞寶第，譚鐘麟皆嘗開府八閩，皆貪黷，閩人呼寶第以「卞鐵鏟，」鐘麟則號爲「譚帚。」蓋帚之爲用，僅於掃除而已，鐵鏟則並地中之土而刳之，極言寶第之貪十倍於鐘麟也。傳聞合肥李鶴章，及其子國筠，於清代、民國，先後巡按兩粵，粵人呼鶴章爲「大荷包」，而以「小荷包」呼國筠，亦皆所以諷其貪。「小荷包」者，國筠爲鶴章之子，又其苞苴授受間，猶稍有忌憚也。抑人亦有言，民國以來，墨吏視清代爲尤，讀此可以返矣。

嘗讀李慈銘日記，有排斥建築鐵道一書，略謂中國若築鐵道，則輿夫且盡爲餓莩，矧一旦有事，夷人將用之以攻我，徒假强鄰以便利云，其頑固可爲一笑，三十年以前之名士，迂舊無知，乃至於此。然翁同龢日記，則尚有數四中肯之處，惜不復記憶，僅記其一則云：『某日新科翰林蔡元培來拜，人才也。』元培之爲人，後世自有定論，余雅不欲有所毀譽，而在滿淸之季，元培實富於新知，其思想自勝康梁十百倍，當時翰林，恐遂無兩，同穌嘆爲人才，非虛語。於此可知「封建社會」之時代，居高位者，猶能稍稍留意人才，以視今之大人先生，徒沈溺於「聲色狗馬之奉」者，差勝一籌否?!

余欲刊近三月以來所作詩、詞，及語體詩，都爲一集，而苦無以名之，偶見旌德呂碧城女士詩，有「早知弱水爲天壍」之句，幾失此佳名。乃思以弱水名吾集。碧城故士紳階級中閨秀也，驚才絕豔，工詩、詞，擅書翰。歲己酉，余年甫十三，讀書天津之「客籍學堂」，嘗私往窺伺，時碧城裁二十許，主女子公立學校，爲時流所重。其詩頗有神似玉谿處，余尤喜天風及崇傚寺看牡丹兩律。天風云：『天風鸞鶴怨高寒，玉宇幽居亦大難。紅粉成灰猶有跡，瓊漿回味只餘酸。早知弱水爲天壍，終見靈旗拂月壇。悔過蟠桃花畔路，無端瑤瑟動哀頑。』崇傚寺看牡丹云：『纔自花城卸冕來，落英狼籍委蒼苔。肯因梵土湮奇豔，坐惜芳叢老霸才。却爲來遲情更摯，不關春去意元哀。長安見慣浮雲變，忍爲殘叢賦刼灰！』皆置諸義山集中，幾亂楮葉，而天風一首，竟似爲余三年來寫照，讀之使人迴腸盪氣，有不能自已者。後一首長安二字，似宜更易，蓋唐以後詩人，沿用長安以代首都，而首都實已不在長安，此殊未安，然此責當由唐以後詩人共負之，於碧城無與。

書至此，憶及讀書天津時，嘗游李公祠，祠爲河北人士紀念李鴻章而設，有袁世凱所撰一聯云：『受知早歲，代將中年，一生低首拜汾陽，敢炫臨淮壁壘。世變方新，斯人不作，萬古大名配諸葛，長留丞相祠堂。』辭意並茂，蓋北洋諸鎮，成於小站，而世凱之練兵小站，固承鴻章之命，提倡新軍也。此聯聞出自幕客阮永堯捉刀，世凱方繼鴻章爲直隸總督，故有代將之語。

嚴復以迻譯原富、法意、羣己權界論，諸書得名，然往往遷就華文，務求其工，有「以辭害意」之病。復四十以前，不甚讀中邦典籍，歸國後，始勤於國學，詩、古文辭，皆卓然成家，惜晚節不終，與楊度孫毓筠等，號「洪憲六君子」，世論哀之。余與有葭莩之雅，知其負笈倫敦時，與伊藤博文同一大學。比畢業考試，復列第一，伊藤殿焉。迺伊藤歸國，卒能致日本於維新，一蹴而幾於世界之强，復則老死牖下。蓋讀書與治事，固爲兩途，而學校考試，能識拔一二學者，未必遂能識真才也。傳聞拿破崙少日在學校亦每試輒殿其曹，從可資印證！

言宋詩者，稱東坡，荆公，山谷，放翁，后山，宛陵，石湖，誠齋，而忘有劉後村；言清詩者，稱竹垞，漁洋，樊榭，仲則，定厂，以迄鄭子尹，王闓運，范常世，樊增祥，鄭孝胥，陳三立，而忘有江湜。蓋中國人士治學，輒以古人爲目蝦，而自爲其水母焉，古人以爲大家名家者，亦從而名之，大之，縱或後人所作，突過古人，僅可稱其神似某某，未敢遽謂其淩鑠往昔作者也。此實爲中國學術上進步停滯之總因，以余所見，後村集與湜所著伏敔堂集，皆奄有唐宋諸家之長，其才力超絕，意境清新，初不待言，尤能以平易通俗之語入詩，而自然精美，此則「雕肝鏤腎」之唐宋人所不及也。今之少年，喜舊體詩者，殆必取徑於此二君，則新生活與現實之意境，可以恣筆出之矣！

近頃有曾今可者，倡所謂「詞的解放運動」，嘗就余與亞子，乞近詞三數闋，蓋皆傳鈔所獲，余輩未知其爲此標榜也。詞之以白描勝，乃至不論陰陽平，上去入，而只須協律，在唐、五代、北宋，詞人中，故是尋常事，沾沾然於四聲者，南渡以後之詞匠所爲爾！此說胡適之、柳亞子與余，夙皆演繹之，昨見署名健甫者，亦頗能引伸其旨，是則詞固無所謂解放，今可苦自淺嘗耳。然嘗覩坊間選本，頗有擯斥雄渾與奇麗之詞，以爲是粗豪也，淫褻也，抑知詞以「迴腸盪氣」爲主，以「鐵板銅琶」爲變，二者咸不可少，詆爲粗豪、淫褻，則何必塡詞，讀禮記、語錄，甯不甚佳？余近倚聲聲慢一詞，自謂可抗手易安，顧徵聞以「幽默文學」相標榜之某君，譏其太豔，而一二小報記者，或竟引爲有「人心世道」之憂，其爲不脫「資本社會」文人之矛盾意識，與「封建社會」之傳統心理，殊不値識者齒冷。彼蓋未讀淮海集，並白香詞選亦未寓目，故於秦觀之河傳一詞，無所聞見也。錄秦詞以啓之：『恨眉醉眼。甚輕輕覷着，神魂迷亂。常記那囘，小曲闌干西畔，鬢雲鬆，羅襪剗。丁香笑吐嬌無限。語輭聲低，道我何曾慣。

雲雨未諧，早被東風吹散。瘦殺人，天不管。』此詞倘科以淫褻之罪，可與余之聲聲慢，並處「資本社會」律令若干等以下之罰金，然在「封建社會」之宋代，竟未聞有訾之者。若乃元曲之『姊姊的黑窟窿』等句，使幽默文學家讀之，必且搖首太息，而深致其中國式之幽默狀，慨嘆不勝矣。

世人喜崇拜英雄，抑知英雄本無是物，皆時會爲之！漢書載光武微時與李通訟於邑宰，宰奇其貌，頻頻注目，光武誤爲是必目通，私引以爲幸，既出則語通曰，『嚴君乃目君耶？』此可以知光武未達，且並邑宰一顧盼而輒榮之，其爲雄才大略之帝王，謂非成於際遇而何？又嘗讀歐美英雄之事略，如威廉、拿破崙、華盛頓、林肯、列甯、杜洛茨基、史達林諸人傳記，則當微時，挫折時，亦每坐困，至束手不能展一籌。英雄之爲英雄，初不過爾爾。盡人可爲英雄，流俗未之深思耳。

僞滿洲國國務總理鄭孝胥，於清室遺老中，頗以才氣自矜許，其交親亦咸震於孝胥之名，不知孝胥雖自負爲「縱橫家」，實僅一「熱中功名」之文人耳。夙喜持妄誕之論，至倡議中日聯邦，直是李完用一流。癸亥、甲子間，遜帝溥儀召孝胥爲內務府大臣，入直，過金鼇玉蝀橋有句云：『日者橋邊休聚語，命宮終恐是遺民。』其夢想恢復清室，自致貴顯，情見乎辭！嘗暱天津妓金月梅，納爲妾，未幾奔於伶人李春來，孝胥懊喪甚，其海藏樓詩所謂『雲鬟緘札今俱絕，海內何人更見哀？』蓋爲月梅而作也。余有題海藏樓詩二首，時孝胥之叛迹未彰，故不及，而僅論列其前此所爲，詩如下：『一官結束前朝史，遺老矜夸不世才。人事亦隨桑海換，苦餘忠愛助詩材。』『出唐入宋極研讚，雄闊清新取徑寬。希臘文章羅馬字，等成骨董後人看！』

前一首譏其詩多標榜忠孝之辭，後一首則純從客觀上作評文也。

丁巳以來，武人自相斫，大類五季六朝之局，士大夫階級，以縱橫自喜者，往往出入兵間，爲「諸侯客子」，或佐戎幕，竟以戕其身，蓋書生熱中功名，知依附「方伯連帥」之易顯，而不虞其「虎尾春冰」也。朋儕中如林蕓民、張其鍠、楊毓瓚，皆以此致死，蕓民事已見前載，不復贅。其鍠少與譚延闓齊名，多才藝，於術數之學，尤以精湛聞於世，而其鍠私亦頗自負，偶爲交親推勘祿命，或占六壬課，皆有奇驗。余雖不信此事，顧雅亦嘗以爲戲，丙寅歲相見北平，其鍠謂吳佩孚當有佳運七年，可統一中國，余謂以政治言，佩孚固必無幸，即以言數，亦弩末耳，其鍠與余抗辯，不能勝也，然卒不肯去佩孚，遂死於西行亂軍中。延闓以詩哀之，沈着似老杜，其警句云：「前知悲郭璞，從事異臧洪。未必謀生拙，獨憐殉友忠。」一隸事屬辭，並見工力。其鍠本自不羈，蓋與長民咸溺於『縱橫家言』者，「君以此始，必以此終，」固無足怪。毓瓚故貴族子弟，貌若婦人女子，見者以爲絕肖伶人梅蘭芳，夙羸弱，怯懦頗有文采，詩倣李義山。迺不知以何時入張宗昌軍，爲祕書長，烟臺之役，宗昌奔潰，毓瓚與相失，致死。余旅居北平時，數與作「狹邪游」。因輓以一詩云：「佳人作賊事堪哀，玉貌圍城了此才。欲向酒邊尋斷夢，宣南絲竹已成灰。」

天壇制憲時，於「信教自由」一問題，爭論甚久，蓋篤舊之士，力持以「孔教」爲國教，垂諸憲法，而稍習法理，略具新知者，則謂宗教信仰之自由，已成近代風氣所趨，毋取「蛇足」之國教，久之莫能決。粤議員朱兆莘於是標一折衷之說，其屬草之條文云：『中華民國國民應尊敬孔子』。條文既宣讀，鬨堂笑之，兆莘亦自赧然，亟撤回提案。蓋法文之規定，不宜涉及漫無標準之道德律也。近見報載，立法院憲草，竟有『人民有孝敬父母之義務』云云，爲之忍俊不禁。夫孝敬者，道德之事也，於法律無與。矧孝敬二字，太無範圍，必謂若何之限度爲孝，爲敬，若何之限度，爲不孝，不敬，苦難於法文中以具體出之，必也，盡復「封建社會」之禮法，而後其說乃得直，否則舉國且盡陷於違憲之罪矣。爲此議者，抑何其酷似兆莘耶？

書至此，憶及清末蔭昌爲陸軍總長，適丁外艱，其記室撰訃告，沿用俗例，開始云：「不孝某，罪孽深重，禍延顯考」等套語，蔭昌怒語記室：『吾父自病死耳，於我何與？』記室則從而譬解之，蔭昌卒不肯從，以爲歐美人無是，蓋蔭昌生長於德國，讀書其陸軍大學，故極不喜中國禮法俗尚之虛僞也。此可爲倡議以孝敬父母列於憲法者進一解！

中國社會，多狃於「有治人，無治法」之說，而「農業社會」之風氣，又「積重難返」，往往奉習慣若「金科玉律」，於法律與秩序，則皆蔑視之，數千年以來，士大夫迄於齊民，莫不皆然，此爲歐美「工業社會」與中國「農業社會」所養成之民族性最大之分野。以不能守法責政府，其實人民亦何嘗能守法，知守法哉?!觀於最近民法親屬編，既明白以定婚結婚之權，完全畀諸「當事人」矣，迺報章所載結婚定婚啓事，必贅以「得雙方家長同意」一語，彼殆未寓目民法親屬編所規定，竟自儕已成年之男女與未成年者等，若自歐美人之眼光判斷之，得毋已「踰法律以爲善」，而非「德謨克拉西」政體下之人民所應取之態度乎?又民元約法，大總統未嘗有解散國會之權，而熊希齡爲國務總理，以「黨同伐異」故，狥袁世凱意旨，副署解散國會令，爲識者詬病。民國六年「督軍團」之變，黎元洪亦欲解散國會，伍廷芳堅不肯副署，卒且攜國務總理之印，潛南下入粵護法，中外人士，莫不美其有歐美政治家守法之精神。蓋從民治之說，則「惡法勝於無法」固矣，抑欲以嚴格言法治，則有法而不能守，徒長人民翫法之心，直不如其無！余以今日士大夫，競標榜制憲，深有慨於民國二十二年中，約法與憲法之過程，輒據所見，副以事迹如上述。

民國二年，袁世凱以天壇憲法草案，不便於己也，則乞靈於日本憲法學者有賀長雄，賂以重金，禮爲顧問，長雄爲作觀弈閒談，於中國憲法，多所論列，尤力持大總統得參與制憲之說，一時左袒政府者，咸從而張目，余遂草一文闢之，博徵歐美各國憲史，而引伸其旨，極精警，傳誦當日。夙附於世凱之梁啓超，亦見而嘆服，馳書於余，有「捧讀大著，五體投地」之語，然世凱則深溺於長雄之說，就政府官吏中，選其嫻於法學，又擅辯才者，得六人，爲施愚、顧鼇、汪有齡、黎淵、方樞、曾彝進，以大總統特派員之使命，將出席天壇，參與討議，時則憲法起草委員，雖亦有三數政府派，顧以右傾政黨之委員，猶懷挾「書生結習」，其首領啓超，又既已折於余說，迺授意黨徒，與國民黨委員務一致，於是委員長湯漪，得以全場之決議，峻拒此六人列席，余實出而與周旋，六人者，相率遜謝去。若僅僅自資本主義國家之政情而言，不可謂非「佳朕」。其效率又何如！此余於今日之制憲，有「大圜在上，余欲無言」之感也。

中國憲法，既一毀於世凱，再披躪於元洪，終且以曹錕之賄選，而爲邦人所戳忽，其後段祺瑞執政，遂重申制憲之令，以林蓑民主其事。蓑民數詣余南河沿，乞贊助，余避不肯見。一日破曉至，排闥直入，不得已而與晤言，蓑民堅相勸駕，余婉辭以謝，最後則語蓑民，『人必有所不爲，余於中國之制憲，實已無能爲役矣。』蓑民諮嗟太息而去，迨祺瑞既出走，此待草之憲法，又不育，因追述往迹，輒復及之。

賄選之變，舉憲法與國會殉焉，朋儕以此身敗名裂者，又不知凡幾，至可惋嘆。有足紀者，時直系之武人、策士，羣相擁曹，而黨於元洪祺瑞與國民黨者，則又自成一壁壘，然國民黨不可得金，元洪以在位故，祺瑞以與奉天浙江之渠帥默契故，頗能廣其招徠，議員往就者，雖未必騎鶴而去，要亦腰纏不甚薄，其傑出者，尤「左右逢源」，絕類「量珠待字」之閨秀，一時有「賄選」，「賄不選」，與「選不賄」之稱。「賄選」者，附曹而得金以投選舉票也；「賄不選」者附於元洪、祺瑞，而得金避席也；「選不賄」者，雖不得金，而為人所刼持入議場，投廢票者也。光怪陸離，頗足為中國憲政史生色不少！

今人於中國政治之病源，什九嘗無所見，而徒致慨於官吏之貪墨、卑汚，黨人之標榜、張皇，而不知皆末也。中華民族性，本自墮落，爲此民族之中心者，又爲日趨於沒落之智識階級，「舉世滔滔，其何能淑！」淺者以爲是宜「革心」也，宜「守法」也，宜養成良好之政府與領袖也，較具常識者，則以爲是必增進中國之生產，樹立中國之經濟政策，誠哉其說之近似矣。抑知中國今日，譬諸樹然，根本已朽腐，忘樹之腐，而責其蟲生，縱令盡去此蠕蠕者，而其腐如故，蟲之潛滋，將循環不已，故非先明中國今日所處之時代，與國家及民族之環境，以暨民族性之分析，而最終於中國之「社會性」有綿密之觀察，則「由今之道」，雖千百「變今之政」，終於覆亡耳！以余研精覃思所獲，嘗推定中國爲「半殖民地之下，資本社會化的後期封建社會」；三者蓋互爲其「連環性」，故此十八字，去一不可。半殖民地者，猶是總理孫公所言之「次殖民地」也。本此論據，余著有「中國往那裏走」一書，行且出而問世，不復贅。然此自深一層說法，倘僅言其皮相，則士大夫階級之習於驕、奢、逸、豫，實亦中國今日之隱憂，共產黨人，爲士大夫詬病，幾至相驚以伯有，然黨人中，固亦間有佳士，惲代英其一也。代英爲黨所重，位崇而權高，自國民黨容共，乃至共產黨之創設中國蘇維埃，代英始終其事，而俸入所得，輒以十之九奉其黨，裁取其什一自活，日啖油條大餅，居陋室，布衣徒步，不以爲苦，死事時從容無怨懟、叫豪、畏葸。夙深惡「赤色恐怖」之吳敬恆，覩其狀，亦嘆爲不可及，洵足以風末俗矣！

晚近士大夫，大抵囿於狹義的民族意識，而「縱橫捭闔」，尤爲書生所喜。共產黨人陳獨秀，於「武漢政府」時代，既隱知國、共之將橫決也，則密以書建議於所謂「第三國際」，有「辦而不包，退而不出」之語，頗爲當時黨人所奉行，然未幾則「第三國際」之幹部，以爲是「機會主義者」，盡奪其職，餽五千金，使就莫斯科受訓練，獨秀不能從，後又數數與「第三國際」抗辯。聞其除名黨籍，則由於中東鐵路之役，獨秀作長函，指斥蘇聯之潛師來襲滿洲里，遂爲幹部所擯棄。此兩事，獨秀被逮時，報章所載，似皆未及，爰取以實我隨筆。

薩鎭冰爲中國海軍中耆宿，甲午中日之役，頗以驍勇聞於世，數長海軍，歲庚申，且以海軍總長，兼攝閣揆，迨後又爲福建省長，類未嘗有所表見，然其操行頗廉介。早歲以馬江船政學堂卒業生，赴英國習海軍久，濡染於歐美之俗，權利、義務，一生分明，雖骨肉間，不少假借。晚歲鄉居，其子福均，月致金若干以娛親。鎭冰偶意外有所需，則寓書福均云：『吾本月支出較多，請貸三百金，分三個月，按月扣還。』雖福均不肯受所償，亦必强還之，其「硜硜不苟」若此。此可謂有西方民族之風，視今之鶩僞言僞行以「自欺欺人」者，鎮冰遠矣！

中國技術之學，迄未能孟晉，此在消極一方面，亦瘠弱之因，然交親中，頗有以此道著者。清末倡海軍，於閩之馬江設船塢，塢以石爲之，精堅可用，西人見者，咸爲嘆服，蓋與鎮冰同學於英倫之鄭清濂所造也。西南之護法也，子彈不敵北軍，迺以馬君武爲石井兵工廠總工程師，督所屬員工，自製無煙藥子彈，如是者數稔，軍用得以無虞，鈕永建嘗謂馬君武有功於護法不少。余以二者皆於中國技術之學，有歷史之價值，特爲之表而出之。

洪憲六君子之劉師培，以國學精湛，爲世所稱。相傳清末張之洞開府武昌時，懸賞購黨人，得師培，蓋是時師培亦同盟會健者也。之洞與語大悅，而於左氏春秋，尤有得，之洞日夕就而討議，客至則匿之床下，既兼月，私以金縱之去。師培號光漢，於國學無所不窺，章炳麟亦敬畏之。聞師培有手鈔祕本若干，皆其治國學之心得，生平未嘗以示人，雖妻孥亦莫敢寓目，死後展轉入蘄州黃侃手。侃喜不自勝，扃諸篋，資爲述作之助，「一二八」變起，日兵以巨礮轟獅子山礮臺，政府遷洛，人心皇皇，侃亦挈其眷屬走北平，而私念藏書甚富，猝不能徙，躊躇中，其及門少年某君，自請留守，侃迺決去。比亂定返京，一日檢點所藏典籍，則此祕本悉已飛去，亟召少年詰之，堅謂不知，亦無如何，侃以此經旬不眠，備極懊喪，忽少年來，還祕本於侃，至是始告以已一一鈔之矣。中國士大夫，於學術每不肯廣所傳，喜矜其獨得之祕；實於文化之進步有礙，此少年倘是「解人」，特迹近於竊盜，不得不諡以「雅賊」二字矣。

辛亥改革，黨人多以革命既成功，宜標榜憲政，孫公頗不直其說，於是宋教仁密結納黃興，自爲一派別，於黨人中以學術才智自矜許者，儘量延攬，又密與右傾政黨人物，狼狽相依，蓋教仁欲戴興以黨魁，而奉爲傀儡，已則出組內閣。其所擬有六部九卿，頗沿用「封建社會」之官制，而雜襲英法內閣之制度，湯化龍林長民皆與選，事爲孫公所知，陳其美尤不以爲然，遂不果行。然教仁卒以策略得改組同盟會爲國民黨，組閣之謀，則厄於袁世凱與其所暱之右傾政黨，終且爲世凱遣其曹狙擊死。此與黨史亦頗有關，故誌之。

附會神異，爲「封建社會」文人之通病，「資本社會」無是也，違論於「共產社會」矣。清詩人易順鼎，自言是張靈再世，其荒誕不經，識者哂之，而所謂飛熊入夢，夢蘭，夢呑月之類，載籍所徵，難以更僕，於此見「封建社會」與神異之關係。近讀共產黨人郭沫若所著「我的幼年」，其書名既失之雷同，又卷首有沫若母夢豹子，遂生沫若之紀載，余以爲即有此事，似亦不宜筆之於書，蓋涉於神異說與英雄思想之病也。沫若夙以左傾聞於世，今其書亦不免此疵累，甚哉述作之難，而士大夫階級之終於「書生結習」矣。

閨秀之以詞傳者。首推李易安與朱淑真。記於兒時聞閩人李宣龔有女弟，號李牆蕉，蓋有句云：『颯颯牆蕉，恐是秋來路?!』傳誦一時也。易安之『簾捲西風，人比黃花瘦。』淑真之『月上柳梢頭，人約黃昏後。』尤爲千古以來名句。然今之閨秀，亦頗有一二佳搆可抗手易安淑真者。皖江芷之『夜涼如水樓休倚，怕西風吹冷溫柔。』閨葉可義之『荼蘼開到可憐春，况洗盡臙脂顏色。』皆持較漱玉斷腸二集，差無愧色。余有昭君怨一闋，有與芷句不謀而合者，並錄之：『沒有一些勉強，吻罷語低神往。入抱鎮相偎，晚風吹。生怕溫馨吹冷，鏡畔深深交頸。長記那時嬌，幾心跳。』

續溪章衣萍，工於今體散文及小說，以情書一束及枕上隨筆等書得名，然於舊體詩詞，則工力較淺。而衣萍尤嗜塡詞，有看月樓詞行世，嘗以質亞子，亞子爲做劉楨之規過，衣萍不能從也。近則藝林或以衣萍詞有全首與飲水詞雷同者，諡爲「詞賊」，余雅爲衣萍呼寃，顧「詞賊」二字，實乃「絕妙好辭」，未諗是誰某「惡作劇」？近見衣萍所著隨筆三種及衣萍半集，並雋妙可誦。

中西畫各有其優美處，未易爲軒輕。近見王濟遠所作畫，頗能以東方之色彩，參用西法，時見匠心，於畫苑中，一新壁壘，倘更踵爲之，必且與年俱進矣。

戰國時代，信陵君、平原君、孟嘗君、春申君，皆以貴公子，擅「縱橫捭闔」，有功於國，一時有四公子之稱，載籍播爲美譚。以余所知，則民國亦有四公子，蓋庚申，乙丑之交，孫公方運用其政治手腕，遂與段祺瑞、張作霖、盧永祥，諸渠帥相犄角，以共擊直系軍閥，時祺瑞之子宏業，作霖之子學良，永祥之子耀，亦數數參與帷幄，通兩家之驛，今立法院長孫科，又銜命詣杭州，迨後國民黨改組，科亦頗不自菲薄，追隨孫公，欲有所試，世亦號爲四公子。此四君者，宏業以善弈聞，耀以善舞著，學良與科，則一以戎馬起家，一以家世爲黨人擁戴，亦皆巍然物望所歸。「九一八」變起，學良始爲時人鄙棄，然前此數稔，目以「民族英雄」者，固比比也。因憶古人詩有『周公恐懼流言日，王莽謙恭下士時，若使當年身便死，一生真僞有誰知？』中國人士習於傳統之思想，每妄冀有英雄者出，其昧於現代之潮流，中國之病態，可爲太息，學良亦不幸之「公子」耳。

丁巳護法之役，孫公首以海軍入粵，爲西南倡，旣見前載矣，時兩粵爲舊桂系軍閥所竊據，嫉孫公之威望，則凡以掣其肘者，事無鉅細，惟恐不力。孫公之始至也，駐戰艦於黃埔，所謂大元帥府，亦暫置艦中，尋以福軍將領李福林之翼戴，假河南之士敏士廠設帥府，然幾經使者之折衝，僅迺得當，可見當日艱難締造之苦。於此有不可不記者，則南洋烟草公司之簡英甫昆季，並皆盡力於是役，特闢長堤實業團，以供幹部人物之棲止，孫公左右，如汪胡朱廖諸君，時出入於此，余與馬君武、鄒魯、葉夏聲等，亦數數往，故河南士敏士廠與長堤實業團，在國民黨黨史中，各有其不朽之地位，而福林、英甫，能知大體，彌足多焉。

今中山縣，舊稱香山縣，粵諺有「睡十萬」之稱。「睡十萬」者，言爲縣長者，不必貪墨，已能致腰纏十萬云。余既以左袒孫公，不慊於附桂之非常國會議長吳景濂，拂袖去，景濂以鄂人但燾代余。未兼月，香山易長。燾與孫公及伍廷芳、唐紹儀，號「香山三老」者，咸相諗，遂辭國會祕書長，將出長香山，朋儕有諷其勿往者。燾則以香山有水師若干，陸軍若干，自炫爲「海陸軍小元帥」，卒往履新。無何，北方之軍閥政府，賄龍濟光以鉅金，使其部將香山統領袁帶以十營叛，燾聞變皇遽出走，猝與叛軍相値，或擬以手槍，向空作響，燾駭扑地，叛軍盡刼其行篋，燾以此驚悸致疾，入醫院療治，旣瘥則語其親知，謂胠篋所失，並藥裹之貲，可三千金。時人嘲以詩，有「不成睡十萬，翻遺蝕三千」之句，亦護法之役一軼聞也。

研究系與國民黨同爲中國革新之政黨，甲午戊戌以來，所以致力於中國政治與社會之改進者，功過各不相掩，此余以「超黨派」之論斷，言其往迹也。兩黨之主義，其黨徒之思想與信仰，雖有左右傾之差異，而階級之基礎，則一以士與末爲其中心，末者卽管子所稱工、商，今人所稱「工商業資產階級」及「金融資產階級」也。惟其階級基礎之相同，故所標榜之主義，雖有不同，要其中心之思想與信仰，什九不謀而合。其在「社會關係」上，研究系之黨魁康有爲梁啓超，夙以保皇立憲起家，故研究系在社會之地位，其黨徒之歷史，十之六七，與舊派之士紳階級接近，十之三四與東西洋留學生，較爲密切，此新舊士大夫階級，又類與握有政治及經濟之特權者，有其親友之淵源。國民黨則異是，孫公既出身於醫，而以醫學博士創辦醫院，蓋一「自由職業者」，所倡導之三民主義，又首斥帝制；其黨徒舍最少數貴家公子外，僅有三部分，一爲「無恆產」之士，一爲「居市廛，謀什一之利」者，卽今所稱「小商人」，又其一則「來自田間」之「椎埋屠沽」者流耳。故國民黨及其黨徒，在社會之地位與歷史，遠不逮研究系，而研究系常居於「政府派」之列，亦以此。觀於研究系之分崩離析也，如李大釗、瞿秋白等，皆投身於共產黨，以極右者一變而爲左，國民黨則自始卽有「安那其主義」之徒，如李煜瀛、吳敬恆、張繼等，浸假而陳獨秀、惲代英諸人，尤恣爲共產主義，張其旗鼓矣。此又探討中國問題者所不可不知！

洪憲既覆，研究系中分爲二，其一部與國民黨合，以孫洪伊爲其領袖，世所稱國民黨之「小孫派」是也。「五四運動」以來，則更擴而爲三，又其一卽瞿秋白，李大釗、所倡導之共產黨也。頃憶及己未、庚申之間，國民黨之于右任，率所部國民革命軍，與陳樹藩相持關中，卒以孤立無援敗。其交親在北方者，爲之陳辭營救，有于右任固「佳士」之語，徐世昌報書謂「右任既爲佳士，曷置身匪窟」云云。丁卯暮春，共產黨人李大釗被逮，爲之緩頰者，亦數稱大釗之學識，云是士大夫中不可多得之才。綜此二事觀之，益徵前說之不謬矣。

桐城光昇，曩亦「小孫派」之健者也，洪伊所爲文電，什七出自昇手筆，頗爲時流稱誦。余與定交，亦以洪伊分。別十年，相見洛陽，蓋同被[illegible]參與所謂「國難會議」者，昇出示洛陽感懷一律云：『周家失計是東遷，禾黍離離亦可憐。鶉首賜秦傷往日，龜陰返魯竟何年？似聞五馬開江介，曾見雙鵝出翟泉。王氣中原今亦盡，風沙滿眼一潸然』。雄渾高亢，絕似明七子。

馮玉祥之策士何其鞏，掀奇有才智，亦桐城人。於詩頗不假雕琢，而結響深湛，工力悉佳。嘗爲余誦其警句云：『午睡平分夏日長』，故是不惡；又西山雜詩之一云：『給孤園漸陰，峯高日早沈。緩遵來處路，猶有入山心，宮柳翳殘照，天風送梵音。行行復回首，千萬鳥歸林』。神似王孟，其邑人王世鼐，尤喜「千萬鳥歸林」五字。世鼐亦工詩，浸淫於溫李，可與清詩人龔定盦抗手無愧色，斷句如『流水真成宛轉心』，及『百淚難溫已墜秋』，皆饒有歐美人詩意，而微涵哲理，又非「閉關自守」之中國舊詩人所能道。

清代遺老樊增祥，善駢儷文，屬辭隸事，並極精警，於詩亦然。然余見其隆裕后輓辭二首，則似有未安之處。詩云：『纔聞佳節慶長春，俄見孀星隕紫宸。正月宮花齊縞素，前年禪草斷絲綸。黃泉見帝詢宣統，彤史稱天諡孝仁。二十四年天下母，遺容猶是洛川神。』其二云：『長楸始建姪從姑，椒寢無恩逮翟襦。積雪今年聞鶴語，占星一世坐鸞孤。移宮漫涉瓊華島，投璽先亡赤伏符。富貴終身憂患裏，傷心從古后妃無。』詩固不惡，而洛川神三字，自「封建社會」之觀點，加以論斷，容有語病。蓋洛川神云者，曹操滅袁紹，其子丕納袁家婦甄氏爲后，甄氏有傾城之豔，丕弟植慕之，爲作洛神賦，此稍讀史乘者，類知其崖略，不解增祥何以以其皇太后擬洛神。或謂隆裕實與袁世凱有私，若然，則增祥之詩，殆「皮裏陽秋」矣。

嘗見國民政府祕書，撰蔣夫人結褵賀函云：『柳營援紅玉之鼓，應助北伐成功。竹簡傳大家之書，共迓東來喜氣』。辭既不類，擬尤不倫，而俚俗抑又其次焉，彼蓋不知梁紅玉之出身也。微聞是贛人某君手筆。

「封建社會」以妾制救婚姻制度之窮，與「資本社會」以離婚制救婚姻制度之窮，各有其苦衷，而後者較爲合理。蓋在「男性中心社會」之下，婦女之經濟，無論如何，皆將受相當之制限，而婚姻制度，又不外以生理之需要，與經濟之需要，爲其聯繫。現代離婚制，婦女例得索贍養費若干，又例得再嫁，於生活與經濟之需要，兩者皆預爲之謀，誠良法美意也。改革以來，中國社會，迄未孟晉，離婚變起，往往爲士大夫詬病，不知夫婦之間，情感既已滅裂，必强其相處，徒苦婦女耳。分居而不遽仳離，此根於士大夫階級僞善之心理，亦未可爲訓。又歐美人士，年事三十强，始有戀愛與婚姻之可言，蓋其時男女俱已受相當之教育，而男子又大都已能自給，且兼內顧也。蘇聯則勞農專政，無男女之別，皆必以勞力自效於社會與國家，兼以自活，故戀愛婚姻之事，丁年便聽其自由。此皆從社會經濟着想，非若中國今日之漫無範圍。歐美男子，以三十至四十，號爲「黃金時代」，在中國則晚近人士，甫及中年，志趣先挫，不知「封建社會」之中國，「男三十而娶，女二十而嫁」，固舊制所稱也。今人亦或「位高而金多」，輒有「枯楊生梯」之舉者，此爲別一事，且少數，故不置論。於此有數事，亦足以見中國之停滯於「後期封建社會」中者，則近歲王伯羣之於保志甯，蔣夢麟之於陶曾穀，從而謗之者，指不勝屈。實則此數君之行能，與其婚姻問題，不應併爲一談。若僅就婚姻而論，原屬平常，無可非議，蓋由現代潮流言之，師生相愛，乃至與朋友之妻相婚，皆尋常事耳，不僅於法律無忤，以言道德，余亦雅以爲甚當。特夢麟舊有「糟糠妻」，既貴顯而賦仳離，繩以「封建社會」之道德律。容有未安，然今非其時代，矧既已離婚，給贍養費，亦可謂盡人情矣。

如皐冒廣生，以淸代遺老，入官民國，生平自負「水繪後人」，喜與達官、名流，相結納，其詩、詞，却「出色當行」。一昨見其第六女公子遺稿，都百餘首，頗多佳搆，而間有數首，辭意尤茂，聞以「遇人不淑」，飲藥死，殆戕於「士紳階級」之教養也。錄其蜜蜂一首云：『嫩蕊殷勤就，何曾傍落英?!知渠心在蜜，莫誤是多情。』寥寥二十字，直將古今中外男子之劣根性道盡！又眼波云：『已殘絳蠟漸成灰，無限閒情付酒盃。端恐柔絲難解脫，幾回强避眼波來?!』書近況云：『多分今生鐵是肝，悲酸事作喜歡看。七年前語成詩讖，忍淚窺人任自乾。』此中隱痛，呼之欲出！

蘇聯法令所規定，夫婦間床第之愛，苟其妻無意好合，而夫强爲之者，科與强姦罪同。此於情理，至爲謹嚴。蓋數千年以來之「男性中心社會」，妻之於夫，一若以交媾爲天職者，雖心所不悅，意有未愜，亦惟其夫之所爲，末如之何，此與「封建社會」之「臣罪當誅」，同一荒謬，而三從之說所自來也。資本社會，貌爲文明，其習俗號稱尊敬婦女，此獨與「封建社會」同其「無理性」。抑知生理之需要，蓋相互之事，今以一方之强制出之，其他一方，必有所損，實與「侵犯他人之自由」等耳！矧婦女之生理，旣以月信及妊娠種種之影響，潛滋其痛苦，並此而一任彼男子者逞其獸慾，揆諸情理，寧可謂平?!余以冒女士『知渠心在蜜』之句，輒有所慨，故縱論之。世有標榜名敎之士，覩此得毋詫爲「異端邪說」而有「人心世道之憂」耶?!

中國自有新軍以來，其最稱精銳，而戰爭之歷史，又常與中國之革命，相爲消長者，蓋莫若北洋之第六鎭，江南之第八師，廣東之第四軍。第六鎭，雖亦列於小站系統之下，然其初之統帥爲吳祿貞。祿貞與趙聲，皆新軍中佼佼者，又皆富於革命之思想，辛亥之役，與孫公本有默契，將於北方舉義旗，迺不幸遭良弼刺，袁世凱出，遂以李純代將其軍，改稱第六師。純死，齊燮元繼之，丁巳庚申間所謂長江三督軍，以純爲其中堅，隱然於北洋軍人之直皖兩系，與西南軍人之滇桂兩系，皆有「舉足重輕」之勢。國民革命過程中軍事之阻力，在當時實以此爲最大之梗。自甲子齊盧之戰，此第六師遂一蹶不振，其殘餘亦無復存者。第八師則自將校以迄士兵，什九湘人，故受革命之洗禮者深，其師長陳之驥又與黃興厚，其部曲則如零陵首義，以響應孫公護法之劉建藩，甲子秋間，參與國民軍擊走曹吳之何遂諸人，亦皆早隸黨籍者。故癸丑革命，之驥雖爲馮國璋壻，輒不能將其軍，不得不先事離去，而湘人何海鳴，遂得潛入南京，以第八師之一部，與北洋軍隊相肉搏，至於期月，國璋竭海陸軍之力，僅乃平之。迨後海鳴頗以此自矜，實則第八師將校與士兵，夙與黨人同化，無待海鳴之慫恿，而孤軍奮鬭，固勢所必然也，然第八師亦因以俱燼矣。廣東之第四軍，則與近代之中國革命，尤有持殊之關係，其軍長爲李濟琛，北伐時，濟琛留守廣東，第四軍之一部，由陳銘樞張發奎率之，轉戰萬里，累奏奇功，世有「鐵軍」之稱。迨後以部曲中，多共產黨徒，甯漢之變，始則發奎奪銘樞軍，將以附赤，既而葉挺又從而拔發奎之幟，此第四軍之第十一師，遂中分爲三。一則發奎所部，一則挺所部，又其一則銘樞所部之蔡廷鍇一師，今漸擴爲第十九路軍，而擁有三師之兵力矣。挺所部最少，亦潰散最早；發奎所部，則以頻年疲於奔命故，殘留者亦僅，今皆改隸陳濟棠，與濟棠原有之第四軍一部相合。以較北洋之第六鎮，江南之第八師，猶幸而「碩果僅存」，此則由於第四軍之訓練，頗適合於「現代化」，其渠帥以迄部曲，又大都受有新教育之青年，於時代潮流，粗有聞見也。然而此數者，皆「良家子弟」，顧皆銷亡於內戰，强敵在前，莫敢誰何?!泚筆及此，感慨係之。

碧鷄金馬，山水雄奇，而由海防至昆明，經滇越鐵路，車行三日，迤邐於懸崖絕澗之巓，景物尤美。法政府營築此路，頗損鉅貲，至今歷年，猶虧耗若干，蓋道路多阻，商旅不便，而稅禁之苛，行者彌以爲苦耳。昆明氣候，四季皆春，「投老」是鄉，政復不惡。聞滇中土著，尙沿蠻俗，終其生僅沐浴三度，蓋誕辰、婚夕、及待殮之日也。滇黔以產鴉片著，嘗與黔父老縱談，則黔人論婚，有以其家烟槍之多寡，定婚事之從違著。蓋槍夥者，必爲「巨室」，次焉亦「素封」，此雖陋俗，亦足見中國內地之閉塞，持較通商各口岸，幾判若兩世界矣。

余既紀四公子矣，顧國民黨人，有所謂四都督，四院長者，亦不可不一及之。四都督之稱，蓋在民國二年，黨人知袁世凱之將畔民國也，則揚子江流域之皖、贛、湘與珠江流域之粵，密相結納，以共舉義旗。時皖督爲柏文蔚，贛爲李烈鈞，湘爲譚延闓，粵則陳炯明，此四人自炯明外，皆傚忠於黨，至今無或貳。四院長者，則咸以黨中先進，而邃於國學，尤雅擅詩詞。延闓與汪兆銘，皆行政院長，胡漢民爲立法院長，于右任爲監察院長，故號以四院長。以余所知，四院長之詩，各如其人。延闓則辭藻、意境，絕似玉局；漢民以倔健勝，右任以沈着勝，殊酷肖二人之性格；兆銘詩風格清新，句調秀勁，而時多雋語，尤可摘入主客圖。余有四院長詩選，不日將出以問世，爲黨史增一掌故，亦爲藝林留一佳話也。

或疑以延闓詩比髯蘇，毋乃過譽，余以爲是溺於重視古人之習，而菲薄今人，非知言也。錄延闓南雄郊行一律以啓之，詩云：『信步尋春信步歸，東風習習欲吹衣。刼餘廢寺留殘瓦，雨過高原見落暉。小病方知勞是藥，餘生惟與影相依。旁人錯比今山簡，誰料情懷與世違。』以視東坡，殆無愧色，而小病一聯，尤爲名句。『餘生惟與影相依』云者，延闓中年悼亡，迄未嘗「膠續」，且不置妾媵，在達官中，實不多覯，僅今主席林森，與相似。

柳亞子有存歿口號十首，哀感頑豔，足資史料，亟錄如下：『嘉會佗城感逝波，朋尊星散奈愁何？黃爐詹客身先殉，白髮彭郎淚更多。』『風期難忘（叶仄）越州張，竟戴頭顱返故鄉。辛苦宛平于伯子，蓬飄無地訊行藏』。『刎頸侯嬴幾怨哀？早從裨史證丰裁。當時粵海同舟侶，更憶嶔奇小李才』。『喋血羊城幾戰爭？朱郎旅櫬倘相驚。蠶叢蜀道干戈滿，誰念江南一惲生』。『甘陵黨部記初盟，宛董翩翩各擅名，魂魄難招章貢水，音書久滯列寧城』。『風雨天涯共起居，劉姜生死竟分殊。握拳已碎常山舌，橐筆猶傭滬瀆書』。『雄辭慷慨湘江向，情話纏綿浙水楊。長向漢皋埋碧血，難從海國問紅妝』。『張孃嫵媚史孃憨，複壁搖燈永夜談。白妹青谿厄陽九，朱欄紅藥護春三』。『陳侯門下葉生才，尼父何緣竟喪回。歇浦丹鉛堪遂隱，聖湖碧血早成灰』。『潘岳同歸期白首，虞翻孤憤託青蠅。頭行萬里憐黃祖，瓜種東陵學邵平』。余甚喜誦此十絕句，蓋亦不假雕琢，而一往情深，使人讀之，如聞「山陽隣笛」。

駢儷文至今日，實已成爲過去之骨董，蓋時代與社會一變，屬辭隸事，不易愜當，必也，兼採歐美日本之典實以入之，其庶幾乎?!然此又非易順鼎之不解「伯理璽天德」爲總統二字之譯音，輒以「伯理」對仲尼，傳爲笑柄者比。嘗見遺老陳寶琛，於清末被召，其謝恩摺，有句云：『賈生之召宣室，非復少年；蘇軾之對金陵，每懷先帝』，雖洪稚存、袁子才，無此精警。蓋寶琛在清代同光之間，與張佩綸張之洞諸人，號「清流黨」，頗爲親貴所嫉視，休官時，年裁三十七，而戊戌變法以來，朝局亦絕似北宋元祐時代，寶琛以賈生蘇軾自況，可謂「恰如其分」也。客臘有雪夜懷人絕句百首，興之所至，輒成一短序，用駢儷，朋儕或譏其「落伍」，所不敢辭矣。序云：『粵以壬申之冬，嘉平之月，歸從鐘阜，息於淞濱。過洛邑而見鵲飛，非堯年而聞鶴語。人厄兼并，驚紅旗之突起：世成擄亂，知白帝之將衰。比子山之詞賦，猶是江南；念卡爾之門庭，曾無燕婢。飛花如屑，活火煎茶。一代栖皇，百端交集。眷我平生之友，葆茲年少之心。氣類相親，甯惟九等?!襟期自壯，各有千秋。誰歟孟雪維克之同流?!遠矣馬而薩斯之定論。嗟夫，夢落江湖，中年漸及，身懸新舊，左袒何能?!黨牛怨李，緬懷洛蜀而難言。暮楚朝秦。幾見藉湜之不畔?!車書舍衞之盟，徒聞爭長。文武捐燕之議，只在苟全。慚愧圍城玉貌，求淪於興亡繼絕之間，思量國士金閨。倘葬我眉語眼波之側?!』蓋萬感撑胸，不自知其言之哀也。

西哲有言，『嫉妬爲佔有慾中恐怖之表現』，懸諸國門，殆莫易一字，然在數千年以來之「男性中心社會」，男子之佔有慾，實較婦女爲强。曩北方渠帥某君，建牙三輔，廣蓄姬妾，又恐其外遇，則爲之營「金屋」十數，出入僅闢一門，此要路所必經之室，某自居焉，諸妾所居室，駢其內，「防閑」不可謂不嚴。顧某以督軍兼領省長，「官書旁午，日不暇給」，卒有一妾私於馬弁，某怒而立斃之。其愚且狠蓋如此。或云李純之死，亦以其妾與一弁通，偶爲純所見，弁懼危及生命，「先發制人」，乘純之不虞，槍殺之。此雖疑案，與某君事略相類，因並誌之。

弈之爲藝，雖似「小道」，而黑白一奩，千變萬化，其神祕有未易窺見者。清代弈最稱盛。是時承平無事，又「閉關自守」，無所謂「國際問題」，故士大夫階級，得肆力以治弈。道咸中葉，「末」與「士」，莫不以弈相標榜，揚州鹽商，尤多嗜此，達官貴人，好之者亦復不尠，貧寒子弟，苟精於弈，輒足以糊口。降及光、宣，迺與國運同其「式微」；自陳子仙周小松以後，卽未聞有圍棋國手。晚近則閩少年吳清源，頗以弈負時譽，然亦就食於日人，蓋在中國，弈所獲，不足以供「仰事俯蓄」耳。反之則日人中，什七精於弈者，其所稱六七段高手，可與中國國手相頡頏。此殆由於「經濟關係之反映」，中國士大夫階級以迄齊民，革新以來，「治生」且不暇，則此「翫物喪志」之弈，自亦無能爲役，彼日本者，固已一蹴而幾於「資本社會」之域也。

今號爲黨國元老之某將軍，初未嘗見重於世，蓋自乙卯孫公改國民黨爲中華革命黨，以將軍領軍事部長，始致力革命，先是辛亥福州之役，不盡出彼功也。然中華革命黨草創時，舊派黨人，惑於流俗所見，於孫公類有所疑，而武人爲尤，雖夙以革命儒將稱者，若李烈鈞、鈕永建數君，亦頗「長顧却慮」，故陳其美致同志書，慷慨陳辭，不惜反復引伸其利害，深足爲朋儕之晨鐘。某將軍獨於是時自傚，孫公嘉其勇，迨後又與居正襲山東，從陳炯明攻福建，遂以成名。洎炯明叛迹漸著，而某將軍乃益巍然黨國干城所寄矣。明儕傳述，謂其擅戰略，善飲，軍行必攜白蘭地酒以自隨，戰則輒盡一巨瓶，於發號施令之頃亦然，或以爲彼有『煙霞癖』；而軍旅中，未便表暴，不得不代以白蘭地云云。辛未歲西南舉兵，有建議迎某將軍入粵者，既至，張盛讌以款。將軍「使酒罵座」，左右顧作大言，謂某公曰：『子實不宜爲黨魁，盍退避三舍，以讓某某?!』此公固挾廓冲夷者，迺對曰：『豈惟三舍?直當九舍耳。』語未已，將軍又直前執陳友仁之耳曰：『容共聯俄，非爾所力持之說耶?!趣自僇以謝邦人!』友仁愕然，不知所措，而將軍聲益厲。同座者恐更失態，詭辭掖之出，「不歡而散」。書至此，憶及庚申辛酉間，余與之邂逅北里，亦幾至彼此揮拳，可謂「狂奴故態」。

清甲午之役，戰既挫，李鴻章出而主和，舉國詬病。時有所謂「內廷供奉」者，優伶之食俸於禁苑者也，扮丑角之「內廷供奉」趕三、楊三，於廣坐中，輒有『李二先生是漢奸』之辭，鴻章不以爲忤。蘇聯始革命，列甯力持對德媾和，亦深爲共產黨人集矢，迨事後咸服其卓見。然此必其人與事，及其時代與環境，皆有不得不避重而就輕，欲取而故與者在，乃可以言和，而天下後世，庶幾諒其用心；非謂盡人可以恣爲秦檜張邦昌，無所忌憚也。

相傳李鴻章游歐洲至意大利，其國王讌之，食品有牡蠣，鴻章偶不愼，棄殼於地，皇宮壯麗，氈㲪華貴，而鴻章自若也。王見而亦自擲其牡蠣殼，於是衆賓相「傚顰」，遂盡歡。倘在他人，必且皇遽，懼失儀矣。又列甯刻苦自奉，雖尊爲黨魁，猶日啖粗惡之黑麵包，其妻以白者進，峻拒不取，則密置於治事之屜，冀其勞瘁而飢時，可獲果腹也，顧不取如故，若是者，信足以表率其國人，而示「無產階級」以「大公」。余紀此二事，非僅在「發揮潛德」，蓋一以啓外交官之胆識，一以風政治領袖之節操爾。

今人動喜倣法歐美，抑知社會之風尙，因時而異，易地而不同，固無取「畫虎刻鵠」也。例如西俗讌會，必御其禮服，禮服有早、晚、晝，數者之別，然南美各國，有僅穿反領之內衣，便可出預盛會者，此雖其氣候使然，亦以見習俗之貴適宜。莊子謂『鳧脛雖短，續之則悲；鶴脛雖長，截之則非』，正爲此下一註脚。

閩耆宿林有賡，傭書臺灣久，甲午歲臺灣獨立三日，以唐景崧爲總統，陳季同長外交，俞明震長教育，時有賡掌明震記室，嘗爲余娓娓述往事甚諗，又出示臺灣獨立之郵票，彌足珍貴。有賡言臺灣婦女成熟甚早，而天癸枯竭則至遲，有六七十歲，猶行經者，此或足以供社會學者或生理學者之參考歟?!

同學李世桂客墨西哥甚久，數稱墨西哥之族性，與其社會風俗，仿彿中國。蓋墨西哥人富於惰性，其上中層階級多晏起，好賭，嗜鴉片，其國境以內，賭坊烟館林立，政府且從而取稅，以裕富源，而工農階級，亦尠曾受教育，不識字者，什居八九，往者以爭總統故，內戰循環未已，凡此皆絕類中國國情。然世桂知墨西哥之似中國，不知中國之視彼，蓋又不逮，彼非列强之市場，矧地大物博，相懸霄壤，是則以民族及國家之環境言之，中國欲爲墨西哥而不可得，可哀也夫！

中國五行之說，蓋兼形與質而言，與現代科學，容可相通？以五行之說，廣爲術數，固謬妄，若僅資以治醫，似亦未可厚非，五行所稱之金、木、水、火、土，純是物質，特與科學上之名詞歧異耳。晚近以來，中西醫競自矜夸。友人某君，精於中醫，嘗言西醫重實驗，其理甚當，然中醫重氣運，亦何嘗非「持之有故」，所惜者，人體既解剖，皆成死物，安有氣運之可言，此以五行之說闡醫理，宜西人之終於不解也。其辭甚辯，爰爲之表而出之。

中國社會，有所謂測字者，江湖術士，業此自活，與推命、談相、占卜，似同一迷信，缺乏科學上之根據，然頗足供談助。曩有鄉人，以父病入城；就術士測字。術士請其任舉一字，鄉人「目不識丁」，窘甚，猝無以答，輒率爾應曰，『然則卽「一」字耳。』術士曰：『此大凶之朕。一字者，「生之終而死之始」也！』會有中學甫卒業之少年某，過其旁，某之母亦適病篤，因就而問焉。術士就案頭歷書，請任指第某行某字，則又爲「一」字；某大駭。術士曰：『無傷也！君爲母病，在家中安矣！』既而皆如所言。前數夕曾克光枉談，余具以告，克光爲言：閩有病婦測字得「而」字，術士曰，『此必病經也』。問『奚以知之？』則答曰，『而者血逆行耳。』此兩術士，皆可謂機警，且非「胸羅萬卷」者不辦，較諸明人筆記所載「酉」字，尤精到。因憶及亡友張紹曾言，嘗與王典型戲。典型婦姙娠，則舉「石」字問紹曾，紹曾曰，『此必生女也，石出頭則爲「右」耳』，亦頗有致。紹曾在北方武人中，較有才氣與思想，官國務總理時以曹錕將賄選被排，遂不復起。又嘗與余言，欲悉數沒收國中私立銀行，併國家之銀行爲一，思想頗警闢，而辛亥改革，以第十三鎭舉義灤州，淸廷大鎭動，亦頗有功於革命。惜其思想，行動，至晉亂，而又矛盾、滑稽，終無所成就；然求之北洋渠帥，已如「鳳毛麟角」矣。

袁世凱練兵小站時，日本、暹羅、德國教官各一人，洎訓練完竣，讌以謝之，席次縱談，世凱頗矜夸北洋新軍之「戰鬥力」，此數人者，亦各自炫其國軍，莫肯相下。迺約以一日較賽，先事不以告其所部。及期，則中國、德國、日本、暹羅，教練官各領其本國軍隊若干人，同時出發，長驅而前，至濱海之沙灘旁，長官猶無所表示，蓋將以驗其軍隊之能力也，日本軍隊見海濱在前，則戛然中止而「立正」。暹羅軍隊則競向右轉，有整隊而退之勢。德國軍隊則勇往如故，逕赴水，無稍瞻顧。獨中國軍隊，則羣以雙足上下自蹴踏，不進，不退，亦不中止。於是教練各發號施令，趣其所部折回，僉許德國軍隊爲最，日本次之，中國黠，而暹羅懦，議以定。余聞友人談及此事，以爲此殊足以見中德日暹之民族性，其軍隊能力之優劣，抑末焉者矣。

蜀中女子劉尊一，舊隸共產黨黨籍，丁卯淸黨之變作，尊一與所暱少年何洛同被逮，洛死而尊一入獄，自草一書，累萬言，文采斐然，讀者動容。東路前敵總指揮部祕書長潘宜之，奇其才，爲請於主者，得放歸，寄寓宜之家。未幾以函札失檢，爲邏卒所獲，時則負緝捕共產黨人之責者，爲楊虎、陳羣二人，聞而率衆將執之，宜之陳所部衛士，相持莫肯下，遂以其事白諸當局。當局某鉅公，電令解京，宜之不得已而出尊一，已則尾至新都，謁鉅公，力爲尊一緩頰。鉅公笑謂『倘有故，汝不畏死耶？』宜之長跪以請曰，『尊一若再有赤色嫌疑，某願與俱坐死罪』，於是又繫諸囹圄。迨軍事委員會時代，宜之權勢，赫然一時，復以尊一歸。然宜之固「使君有婦」，尊一亦意別有屬，則資之游學日本，與洛所生一子，託於其女友張某，張固國民黨黨人，黨人有見之者，輒呼以「逆種」，尊一不能堪也。越一稔有奇，尊一返自扶桑，卒論婚於宜之，其邑人某經濟學者所著醬色的心小說集，有小大脚三篇，間及尊一與宜之事，而於此中之概況，則未一道及，因述其顛末如此。

中國政治之習慣，大都重其所謂經驗者，實則經驗二字，僅可施之於「事務官」耳，若「政務官」之選，初不必囿於經驗。壬戌冬間，余自滇詣北平，偶謁黎元洪於瀛臺，時則張紹曾任內閣總理，將以黃郛長外交，而元洪難之。余問故，元洪囁嚅其辭曰：『膺白亦甚好，但未嘗服務「外交界」，且非頭等人才。』余笑謂：『必誰某始可以當頭等人才之稱，而使之長外交乎？』元洪曰：『顧維鈞、顏惠慶，其選也；無已則王正廷。』蓋顏、顧、王，皆嘗一長外交，而顧以華府會議，折衝樽俎，頗具虛聲也。然紹曾力爭，卒以郛爲外交總長。經此一歷程，自是厥後，言外交者，亦必及郛，無更以未嘗服務外交輕之矣。

郛以「濟南慘案」，正廷以「九一八案」，爲世所詬病，實則處中國今日之外交至不易，必也復起孫公於九京，容或可以有爲?!非然者，任擇一「布爾喬亞」之聞人，使主外交，余敢斷言其皆將束手。此蓋國家、民族、與階級之環境所限，雖有善者，無能爲役。故余雪夜懷人絕句，有『弱國誰能似晏嬰？王黃貶筆要恃平』之語，平情論事，豈故爲郛與正廷文過哉？！

「文人無行」，自古已然。宋代張邦昌以女真卵翼，僭號中州，有爲之「勸進表」者，其警句云：『孔子應佛肸之召，所爲尊周，紀信乘漢王之車，將以誑楚』，可謂善於「文過飾非」。近見僞國務總理鄭孝胥，有『孤篠向陽終不媚』之句，蓋以忠君自矜，冀以掩其媚日之迹，所謂「欲蓋彌彰」矣。閩人陳向元夙不羈；里黨薄其人，顧余獨許其才氣。向元舊與鮑觀澄，從田維勤軍甚久，又與孝胥交厚，邇者孝胥觀澄數相招，向元遜謝。余以所識非謬，而晚近國論，有成敗而無是非，爲表而出之，以愧今之仕於僞邦者！

中國士大夫讀書，每溺於古，而於古人之言動，尤多所附會。李義山錦瑟一詩，爲之倣鄭箋者，咸謂是悼亡之作，近人孟心史至撰一長文，從而考證之，余未覩心史考證之文，僅於蘇梅女士所著李義山詩戀愛事蹟考，見其徵引心史之文，梅雖以爲非是，然「語焉不詳」。其實錦瑟一詩，非爲悼亡而作，至淺顯易見，略舉二點，便可了然。蓋義山悼亡之作，於其詩題中，一望而知，如『謝傅門庭舊末行，今朝歌管屬檀郎。更無人處簾垂地，欲拂塵時簟竟床。稽氏幼男猶可憫，左家嬌女豈能忘。秋霖腹疾俱難遣，萬里西風夜正長。』一律，即於題中，明言喪婦，乃真悼亡之作也。題爲「王十二兄與畏之員外相訪見招小飲時余以悼亡日近不去因寄」，其辭意固顯然，則於錦瑟奚必隱約。又錦瑟詩中，有『望帝春心託杜鵑』之句，明明是思婦而非鰥夫語意，就其典實言，亦復如是，淺者必以爲悼亡，抑何其穿鑿附會乃爾?!

今人未盡學問者，每誤解共產主義爲「共產」、「公妻」，至可一噱，然「公妻」之事，在封建社會中，固習焉不以爲怪也。其在鄉曲，農人之貧者，苟其家有丁男三，婚貲不易辦，則兄弟往往共娶一婦，自伯而季，周而復始，號曰「輪炊」，此風至今，猶有存者，東南爲尤。其在士大夫階級，則左傳載『盧浦嫳與慶封易內而飲酒，國遷朝焉』，實爲「公妻」之「始作俑」，而衞靈公與孔甯、儀行父之共一夏姬，又無論矣。清代梁鼎芬與文廷式交厚，鼎芬之婦愛廷式才，遂及於私，鼎芬知之，迺舉以適廷式，一時藝苑，播爲美談。鼎芬固富於封建社會傳統之思想者，顧其「跌宕風流」如此。余謂鼎芬之贈妻，可與今共產黨人瞿秋白娶沈氏婦楊之華，後先輝映，是則「公妻」云者，奚必共產黨人爲然?!

閩孝廉魏子安，於清代道光中葉，與左宗棠同學，子安有「驚才絕豔」之目，而宗棠以「豪放不羈」稱，交甚密。迨後宗棠因曾國藩之辟，成「儒將」，號「名臣」，子安則侘傺以終。坊間風行之花月痕小說，蓋即子安所作，書中之韓荷生，隱指宗棠，而韋癡珠則自況也。此可供今人從事於舊小說考證之一助。又子安撰有紅樓夢後序，用駢儷，「哀感頑豔」，雖風格不甚高，較諸吳園次、章豈績，殆無愧色?!「膾炙人口」之桃花扇後序，則直是「瞠乎其後」。原文無刻本，余於八九歲時，讀先子鑒波先生所手鈔本，能强記，不漏一字，今二十有七稔矣，思取以實吾隨筆，必可傳誦一時，又恐其遺忘，試一憶之，迺竟强記如兒時，差爲體力自慰。錄其文於左：

『紅豆相思，春生南國，綠華小刼，吹落西州。何來暗麝之香?絕代驚鴻之影。齊齊整整，梅花誇第一丰姿。嫋嫋婷婷，荳蔻數十三年紀。笑原是菊，應有色之堪餐。清到如蘭，轉無芬之可嗅。爰有彤管靜女，黃絹外孫。以林處士之清風，僅餘子鶴。若蔡文姬之孤露，能讀父書。蕙質伶仃，萍蹤飄泊。畫美人於紈扇，明月照來。拜阿母於瑤池，好風吹至。桃根迎楫，梧子當門。則有傳粉郎君，掃眉公子。宮花寶髻，張留侯如美婦人。玉帶絳袍，謝太傅有佳子弟。羨神童於綺歲，郎是麒麟。聯小友於璇閨，配之鸑鷟。屬容華寡偶，偏奉倩多情。蒹葭倚玉之歡，芍藥縷圍金之贈。雄兔雌兔，耦俱無猜。官蛙私蛙，善謔爲虐。當爲汝說，慵妝常擁被而聽；來就儂歡，含突忽揭簾而入。小喜唐突，私心徘徊。以彼世本侯家，門施行馬，人傳公府，婿近乘龍。外甥早數魏舒，應成宅相。羣從爭誇楊濟，並列臺官。簇錦團花，鍾郝是大家妝束。遺鈿墜舄，靈香原上界神仙。外宅晨歡，內賓夕讌。賭酒依牙籤之罰，白浮紛飛。催詩借銅鉢而敲，翠謔雜作。推左芬爲老輩，掌書尊社長之名。讓道韞以清才，問字執門生之禮。雪供豔想，雲姿狂詩。分香來樊素佳人，配楊柳侍兒之選；顧曲有海青狎客，添琵琶弟子之班。別有虢國阿姨，天生尤物；延年小弟，家半情人。喜春光乞羯鼓撾回，墜散花之魔女。笑色界爲梵鐘撞破，尋因果於緇尼。其中要珮訂交，假衫申約，諸加瑣屑，難以縷陳。既金樽檀板以相敲，亦縞服淡妝而自賞。遂乃齊抛跳脫，嫌薌澤之微聞；學換袈裟，指蒲團而並坐。我爲長老，汝試參禪。時則盧親咸集，崔嫂善諧。奉太夫人蹇脩爲理，與姑姊妹中表合婚。將名士悅傾城，恰一對風流種子；以小郎配新婦，莫幾時歡喜冤家。驚座高談，鬨堂絕倒。不覺心同所願，幾乎撫掌而絕冠纓。其如口未敢言，只合低頭而拈裙帶。嗣是因憨變感，持愛生嗔。促膝忘形，彌多放浪。撫懷觸緒，動輒勃谿。喫虛自驚，吐實於告。但爲君故，不畏人言。然而迹涉瓜疑，旣調停之費事。爰或謀將李代，翻撮合而成緣。箸借籌更，棋彈局變。雙珠舉案，聯璧同床。旣可並頭，何妨合體？出於情不自禁，小兒女焉知其他？律以禮弗爲防，老祖宗亦與有過。預學鴛鴦之宿，試爲蛺蜨之偷。縱贅委而何妨，詎臂盟之可醜？如以貽羞贈芍，坐恨鋤蘭。則溫嶠求婚，自媒姑女；孟光擇對，願壻梁家。勢已處於萬難，事豈容以再誤！敢直言而不諱，當曲意而姑從。迺鼠首相持，遂蠶絲自縛。顧或謂邢譚媲美，尹姑聯娟。二不得兼，將舍魚而取掌。一之爲甚，必得兔而忘蹄。執理旣爭，準情又礙。不知懿華貴冑，左右嬪虞。姬隗麗姝，後先歸趙。倘其慮一夫之不獲，胡弗邀二女以同居?!矧大體都嫻，甯致起專房之妬？抑佳期並追，自無拘繼室之嫌。悅己者容，佳偶爲配。何至河漢一水，女牛相望？竟如羅浮兩山，風雨無定。致伊扣扣，惜此申申。蘗辛之辭，問通乎庾語；蓮子之意，如贈以苦心。方獨繭之纏綿，亦九迴之繾綣。剪燭聽雨，每寫隱憂。燒香撫琴，莫消妄想。因而撫衾太息，攝帶徬徨。替歡長顰，臨樂忽嘆。將衷誰訴，轉苦生酸。顧影自憐，積懷成痗。海棠如夢，知能銷幾個黃昏？燕子依人，問此是誰家庭院？果使文鴛結社，靈鵲塡橋，抱枕留仙，買絲繡佛。借王夫人彩筆而畫，下溫太眞玉鏡之盟。安豐被喚作卿卿，高綽親呼爲妹妹。烏絲寫韻，競傳十手之抄。紅袖添香，齊下雙鬟之拜。相與摩挲玉體，夜夜橫陳，領略朱顏，朝朝平視。神光離合，許通洛浦之辭？雲雨荒唐，約赴陽台之會。而乃看朱成碧，誤素爲緇。金銷緣慳，錦鞋讖惡。蝶夢迷離之態，粉化烟飛。蛾凋憔悴之容，鏡驚花瘦。笑原痼疾，臉欲斷而通紅。怒固常情，眼相看而忽白。咄咄而道，申申罵予。却不知與我何干，猶煩絮絮。究其實無辭以對，惟有荷荷。最憐難以爲情，葛嶺之笙歌似海；卽道不如歸去，揚州已烟月俱空！送兒還鄉，竟成虛說；及爾同穴，亦屬枉然。趙合德襟上嗁痕，花作絲絲紺碧。薛靈芸壺中淚點，變成滴滴殷紅。事難稱意之時，病無可懺；語到傷心之處，魂不禁銷。慘淡焚詩，悽涼翫帕。孤桐半死，忽彈變徵之音。芳草一叢，卽是埋香之塚。潘郎感逝，憂來無端，秦椽定情，記在何夕？往往看星惆悵，覩物欷歔。我猶見汝生憐，誰能遣此？天不與人方便，徒喚奈何。相傳斑竹江邊，恍見明璫翠羽，祇恐梨花墳內，僅餘羅襪香囊。是誰殺周伯仁，彼原由我而死。所恨如王子敬，人直與琴俱亡。對此茫茫，空呼負負。又況伯勞東去，旅燕西飛。想當初燭滅香銷，相思何許？從此後水流花謝，陳迹都非。苟有心人，那堪回首？當爲情死，夫復何言！嗟嗟！滄海變田，刼灰換世。迷津指誤，話孤雲歸後之蹤；華屋生存，增舊雨重來之感。轉瞬若失，感懷自同。是癡是病，卽色卽空。肥環瘦燕，依樣葫蘆，紫鳳天吳，由他顚倒。生成伶俐，知難福慧齊脩。絕等聰明，却被溫柔所誤。欲借媧皇之石，爲補情天。空銜精衛之寃，莫塡苦海，重翻樂府，蟬抱葉而皆哀。遍歷情場，鹿尋蕉而已幻。了五百年公案，還我珠來；牽三千丈情絲，憑誰繡錯?!秋波臨去，正老僧悟道之年；春夢醒還，亦才子回頭之日。說到桃花豔骨，正須盟流水三生；除非金粟前身，何處拾寒山片石?

近人葉紹鈞著有小說倪煥之一書，頗不脛而走，書中主人公王樂山，隱指共產黨黨人侯紹裘。紹裘固共產黨之健者，而紹鈞與交厚，於其「死於所事」，蓋深有感也。然紹鈞固書生本色，恐以文字賈禍，故其書辭意間多晦澀，似不逮沈雁冰所著虹，流麗深刻，耐人尋味。虹之主人公梅女士，聞諸朋儕，謂是蜀中女子胡蘭畦，因並誌之。或以蘭畦亦隸共產黨籍，實則非是。書至此，憶及劉清揚事。清揚有才智，尤擅雄辯，共產黨婦女中不可多得之才也。顧其游歐時，與同黨少年張崧年俱，雅相狎暱，而所處爲三等艙，衆中苦不能盡歡，迺潛入浴室好合。司郵船浴室之「僕歐」，故惡作劇，扃其門，清揚、崧年，閉置一晝夜，詰朝有入浴者，始得釋，可謂妙事。

「男女搆精，萬物化生，」見諸周易，本非神祕，亦無所謂穢褻。自儒家者流，倡爲虛僞之禮教，則其事始爲搢紳大夫所不敢言，而歐美資本社會，襲宗教之餘毒，亦遂懸爲禁令。實則生理之需要，苟非妨及彼此之健康，甚且影響於種族者，固尋常事，孔子所謂「食、色，性也，」可爲吾說資印證。近見章衣萍夫人吳曙天，著戀愛日記三種，以今體文，狀家常瑣屑，歷歷如繪，床笫之愛，尤勇於自白，惜終未免女子之態。既已自白矣，顧涉及「性衝動」處，輒以「性子」二字代之，使讀者疑此「性」字爲「性格」意義，要其文筆雋妙，辭意並茂，則固「有目共賞」。余許以「七分勇敢，九分忠實，十分委婉，一言以蔽之曰，「是弱者心靈之流露！」」衣萍、曙天，咸爲嘆服。

　　凡詩、詞，皆以意深而語淺，辭美而旨明者，爲上上乘，於文亦然。試讀李杜之詩，二主之詞，便知此中之真諦。昔人譏昌黎，謂『八代未嘗衰』，猶此意也。迺古之詩詞匠，競摹擬，雕飾，今之詩詞匠，更「變本而加厲」，豈惟「食古」，將墜「惡道」！近覩坊間選本之詞，有所謂『不采猥褻』者，又有所謂『忌熟，忌豔』者，此熟字當是指「油腔滑調」而言，豔字當是指「纖巧」而言，然「油腔滑調」可謂之濫，不得謂之熟，至於「纖巧」，亦不得謂之豔。若淮海之『丁香笑吐嬌無限，』」易安之『香冷金猊，被翻紅浪，起來慵自梳頭，』」斯真詞之以豔勝者。詞而忌熟，何不「窮經」?!古今「膾炙人口」之詞，蓋無一不熟，略舉數四，則『簾外雨潺潺，』」『問君能有幾多愁?!』」『我欲乘風歸去，』」『舊恨春江流不盡，』」『多情自古傷離別，』」諸作，字字皆熟，而「傳誦千古」。即工於刻劃之清真、夢窗，彼詩詞匠所奉爲鼻祖者，亦嘗以『馬滑霜濃，不如歸去，直是少人行。』」及『何處合成愁?離人心上秋。縱芭蕉不雨也颼颼!』」之作，播爲「絕妙好辭」矣。閩人王允晳詞甚佳，曩余過朱祖謀，與論近代詞，及允晳，祖謀少之。顧以余所見，允晳詞，實不下祖謀，特官階未躋卿貳，交游不出里巷，弗逮彊村之顯達耳。舊體詩、詞，已成骨董，本可「存而不論」，余以中國人士治學，往往「以耳爲目」，其於古人、聞人，輒居爲目蝦而自爲其水母焉，良可慨嘆，爰泚筆及之。

允晳詞未刊行，偶憶其警句，有『淺醉未妨殘夢影，薄妝原是斷腸姿』，及『一點送君心，灩江波如酒』，皆古人所未道。

「一二八」之役，世咸以當局不發援軍爲病，余初亦疑之，偶與友人李拯中談，拯中時佐朱紹良軍，爲總參議，則言其非是。拯中謂當局於十九軍轉戰淞滬之日，卽電屬紹良速撥精銳六師來應援，紹良以紅軍方勢盛，謀諸拯中，恐驟調六師去贛，防線必且鬆懈，多缺口，迺飛謁當局力陳，無已始改派張治中所部之兩師爲援軍云云，因誌其言如此。

壬戌癸亥之間，孫公以陳炯明旣畔與直系軍閥合，而聯絡奉皖之策略益孟晉。汪兆銘嘗銜命度遼，張作霖父子，禮遇有加，學良尤恭順，導兆銘詣軍校講演，既至則宣於衆曰：『諸君知余今日所俱來者何人，蓋卽中國之第一政治家汪精衛先生也。』其傾倒可以想見。乃「九一八」變後，兆銘赴北平，與學良商和戰事，學良竟慢不以爲意，前後判若兩人，殆所謂『舉趾高，心不顧矣，』宜其失地辱國。

流俗所謂富貴功名，初無足重輕，而在封建社會，資本社會，則士大夫且津津樂道，今號稱摩登女子者，尤於此是騖。因憶及兆銘以謀炸清攝政王入獄，既定讞，處死刑矣。時陳璧君與其事　輦金四出，爲營救不獲，輒與定婚，聞者壯之。蓋兆銘已論死，璧君獨不計其無所歸也。然辛亥改革，兆銘卒不死，遂成伉儷。余雅不欲倡「性道德」，顧璧君之識力，其賢於晚近婦女蓋遠。孫公夫人宋慶齡，亦以孫公遁扶桑，黨人什九皆畔，窮無所之時相愛，可後先媲美。此其智與勇，豈今之女子得望其項背?!

中國今日之病源，若僅持唯物論以爲探討，固未能悉得其竅要，反之，而僅以唯心論求其治療，亦末也。必於「民族性格」，「社會經濟」，與「國際關係」，作縝密之觀察，而後知國家、民族、及階級之環境，所當憬然自省者，蓋別有在。然僅言「治標」，余以爲封建社會之道德律，宜去其什九而存其一。一者何？中國數千年以來賴以立國之「氣節」是！滿清之亡，尠殉國者，中國士大夫氣節之墮，已可概見，此猶得爲之辭曰，「狹義的民族意識」使之。自袁世凱「使貪使詐」，倖而成功，傚者相踵，氣節益掃地以盡，晚近遂不可問。革命軍之席捲鄂贛也，孫傳芳所部李寶章，方以一師守淞滬，僇黨人無算，號稱「屠戶」，於黨人之自首，或願告密者，尤必立致之死，責其「賣黨」，此則未可厚非。昔樂毅終身不敢言伐燕，徐庶入魏，終身不爲曹操設一謀，其氣節有足多者！余之爲此說，亦「卑勿高論」之意耳，若自唯物觀而言，則資本社會，既已取封建之勢力而代之，舉凡「封建社會性」之道德，習慣，皆將爲黃金之怒潮，負之以趨，淪於汩沒，非士大夫階級所能轉移也。哀哉！

李烈鈞開府南昌時，贛人魏某綰度支，癸丑革命既挫，烈鈞走海外，魏某囊括國帑以他適，其逾量則悉易黃金，南昌翠花街之金，爲之一空。洎烈鈞從軍討袁，覓魏某所在，從而貸行李之貲，魏某逆億黨人必非世凱敵，靳不應。索之急，則展轉浼陳炯明以金鐲一奉烈鈞旅費。烈鈞怒其貪而負義也，璧還之，笑語炯明曰：『爲我告魏某，翠花街之金已盡耶!?』洪憲顚覆，烈鈞且再起。魏某又趨蹌其門，諂媚如故，烈鈞優容之。尋魏某納老妓賽金花，以淫泆死，附會迷信者，謂是負義之報。

烈鈞以所部龔永之妻爲婦，蔣夢麟亦婚於同學高仁山之妻陶曾穀。囿於封建社會之道德律者，羣相竊議，余雅不謂然，故雪夜懷人絕句關於夢麟之一云：『結褵能善故人妻，大勇如君孰與齊?!「目論」獨憐矛盾世，儒酸猶自說修齊。』蓋世風丕變，而人道之義，方爲中外有識之士所重，此虛僞之道德，正宜摧陷而廓清之，未足爲烈鈞夢麟病。

初，直系軍閥，謀擁曹錕，而黎元洪堅不肯去，且倡爲任期未滿之說，和之者甚衆。時保定派策士，以「智囊」稱之張志潭密從而獻議曰：『元洪雖以不怕死，不蓋印，不違法，自誓，實則「苟全身命」之徒耳，趣以「兵變」刼持之，事必濟』。諸渠帥與其幕客，咸以爲善，遂嗾使京畿之卒，突於一日圍總統府，索欠餉，悉絕內外之交通。元洪始猶相持，已而王懷慶入告，謂『部曲將越軌，總統苟不謀所以策萬全者，懷慶不知死所矣。』元洪果色變起，倉皇登車遁天津。

甲子之役，錕被圍一如元洪，且羈禁不得出，段祺瑞既執政，迺放歸。史乘所謂「君以此始，必以此終」，其然豈其然乎?!蜀人鄧鎔，以詩紀之，屬辭隸事皆工。余猶記其警句：『幽州不備擒彭祖，夾寨囘軍望彥章，』一指鹿鍾麟，而一指吳佩孚也。

孫公晚年，見共產黨之勢浸盛，則私以爲憂。「臨危授命」，有『敵人方包圍，軟化，陷害』之語，又謂『我若說了話反不好』，蓋皆意在共產黨！相傳易簀時作英語，呼曰：『友乎仇乎?』其絃外之旨，可深長思。曩黨人鄧家彥疑遺囑爲僞造，然遺囑經孫公之署名，執筆者，爲今行政院長汪兆銘，雖倉卒屬草，未必盡契孫公之隱衷，要非假託，殆無可疑。余嘗與柳亞子書，往復數四及此事，亞子則疑孫公之言，苟其果爲共產黨而發，抑何囿於「黨的立場」，而異乎「革命的立場」?余謂孫公固「聖之時」者，三民主義，精深博大，所以疏釋之者，至有朕而亦至無朕，『我若說了話反不好，』其言甚哀，其心彌苦矣，曷嘗忘「革命的立場」？亞子稱善。

黨人稱孫公以先生而不名，「大本營」時代，則羣呼之爲「老頭子」，未諗是誰某「作始」？！孫公性長厚，時或盛怒，顧事過輒不復憶。其「海涵山負」之量，有非常人所及。辛亥改革，遷都議起，江蘇都督莊蘊寬尼之，孫公至憤慨，謂『必且槍殺此獠，』和局既成，都北平以定，後蘊寬數請謁，孫公亦不以爲忤。又「用人無方」，一惟其才。黨人曹亞伯，張皇好作大言，然孫公策之以聯德，頗奏效。生平尤撝謙，持躬接物，見者疑爲「齊民」，不知其爲建國之總統也。護法以迄革命中，雖「軍書旁午」，客無不見，而人亦咸以得與孫公握手爲樂，其「豁達大度」類此！

戊午，已未間，江西巡按使戚揚，以能吏稱，然揚嘗作宰閩中，嚴刑峻法，民不能堪，至以「七步犬」呼之。「七步犬」者，惡犬之尤，人遭其噬，則七步輒死，七，戚，同音，以喻揚之狠酷也。清末葉，張之洞督鄂，其幕客趙鳳昌，「博聞强記」，之洞居之於私室之後，俾便於諮詢，明儕戲呼以「一品夫人」，言其與之洞出入寢處必共也。前者以爲獸，於以知「怨毒之深」，後者則於雄者而雌之，嫉之亦輕之也。中華民族性之褊狹，卑汚，略可概見。

閩耆宿鄭壽彭，精於醫，嘗爲陳寶琛之季弟診，病係發瘢，而汗不出，壽彭用張仲景之說，進石膏若干兩，慮其猛·則就商病者，病者自知不起，執手泫然曰：『趣施之勿疑，凡病深入膏肓者，藥餌僅濟其目前之急耳。』已而竟死。寶琛謂是壽彭所殺，輓句有『天窮人厄』之語。旣受訃，壽彭亦以輓句至，句云：『瘢發汗不出者胃經亡，古人豈我欺？雖欲易一說不可得』；『病深藥僅濟其目前急，君言猶在耳，誰能起九原而問之?!』。意明而筆肆，辭甚辯，寶琛嘆服，亟自撤其句。

寶琛擅輓句，一時無兩，余得見其佳搆甚夥，惜皆不復記憶，僅記其輓林紓云：『由俠而儒，晚節獨能師顧絳』，『因文載道，史家原不廢虞初』。蓋紓少習技擊，晚自負清舉人，不欲仕民國，又嘗間關謁崇陵，故寶琛以亭林比之，而虞初云云，言其譯小說得名也。嘗與朋儕談，羣以寶琛於輓句特工，今且八十許叟矣，他日孰爲之輓?!余因戲作一聯曰：『垂死見共和，結束前朝遺老局』。『平生富文采，流傳輓句後人哀』。自謂頗足以盡寶琛之生平。

楊仲愈之軼事，見前載，其遺稿都已散佚，無從覓刊本，實亦未嘗付剞劂也，亟再錄絕句二首。詩云：『靈巖山色似年時，別墅經過憶賭棊。愴絕蘋花秋水榭，老來重定故人詩』。『河豚雪後春猶淺，石鯖風來水不波。攜手江干吹笛坐，那山今日出雲多?!』神韻悠然，故是「才語」，余於某耆宿扇頭見之。

父老相傳，胡林翼用人，必先觀其飲啖，能健飯三巨盌强，然後拔擢之，或謂是大有造於「飯桶」者流，而不知實有至理。蓋百病生於胃，胃强則體魄强，精神自旺，昔諸葛亮「食少事煩，」司馬懿斷其不久，猶此意也。又清沈葆楨言，擇壻宜於博局中求之，或謂『旣博矣，惡能賢?!』葆楨謂此覘其性情與氣度耳。

北洋軍閥統治之下，政黨、議會，皆成具文。綜計民國紀元，訖於國民政府成立，所謂國務總理者，凡二十九人。其起家政黨者，裁四人，其三猶是代理內閣，伍廷芳與汪大燮、王正廷是巳。完全組閣者，僅王寵惠一人。其餘則唐紹義號國民黨，而實非黨人，熊希齡號研究系，而實爲官僚。又其次，則組閣之段祺瑞、王士珍、靳雲鵬、張紹曾、賈德耀、黃郛，代閣之江朝宗、薩鎮冰、杜錫珪、李根源、皆軍人也。徐世昌、趙秉鈞、周自齊、錢能訓、李經羲、龔心湛、高凌霨、孫寶琦、潘復、許世英，皆官僚也。顏惠慶、顧維鈞，雖出身留學生，而浸淫於官僚之生活者蓋久；梁士詒雖號稱黨魁，實則所謂「交通系」「安福系」者，不外軍人與官僚結合之集團耳，不得目為政黨。國民黨之宋教仁，研究系之梁啓超與湯化龍，畢生精力，瘁於組閣，顧終不獲，且以身殉焉，可哀也已。夫國號共和，政尚議會，而民國十五年以來，國務總理，罕出於政黨之領域中，以此而言憲政，雖千百年可知矣！

嘗與友人論，北洋軍人類出身行伍，而南方軍人，則什九以學生起家，受普通教育者，此新舊武力之分野，不可不知也。北方軍人，於現代常識，茫無聞知，第知有服從。自直皖之役，吳佩孚以「偏裨後進」一畔，一抉服從之藩籬，北洋系遂亡，南方軍人，粗解治理，而「地醜德齊」，莫肯相下，故國民黨既改組，以黨爲其中心，卒以收革命之功。時至今日，風氣又變，余以爲武力不可無，而政令之行，必挾武力盾其後，「强弩之末」，終於一蹶耳。

士有敗於晚節者，余謂終是熱中之誤。遼寧吳景濂，舊以統一共和黨領袖，改隸國民黨，躋於黨魁之列，先後爲參議院、衆議院、非常國會之議長，性「强項」，官僚、軍人，咸敬憚之。顧自壬戌冬，感於「及門」王承斌之言，助曹錕賄選甚力。蓋承斌者，保定派之中堅，先是與錕等已有默契，許景濂以事成組閣，兼賄以五十萬金，景濂信不疑，卒以敗名。其終也，組閣不可得，並衆議院議長，而亦見擯，所獲僅僅五十萬金，景濂始憬然爲人所賣，然已無及，則營「菟裘」於天津，不復敢問世。丙寅秋仲，相見保定，時國民革命軍已直下武漢，而北方奉直又相猜，景濂覩余嘆曰：『天下之大，無容身地。』可謂「一失足成千古恨！」

「三一八」慘案，世以爲章士釗實主之，蓋士釗雖游學英倫，而溺於封建社會之習，又刻苦爲文，力求近古，於近代教育，實未嘗研精覃思，故爲教育總長時，措施類皆失之迂妄，人遂疑其爲執政府門前喋血之「發縱指示」者，不知士釗夙巽懦，無此膽力也。「三一八」之事變，由於當時與西北軍接近，號稱左傾之徐謙，揚言於衆，謂『與京畿駐軍之長官某某，已有默契。諸君第勇往勿却，必可奏效！』青年學子，深信其說，然徐固未得某某長官之同意。請願羣衆，既麕集執政府，執政以迄閣員咸皇遽，以爲是必某某長官之「取瑟而歌」，迨逸別一人與西北軍密者，電詢某某長官，長官答以「初無聞知，公等可毋疑！」於是而衞隊之槍聲隆隆矣。時賈德耀爲國務總理，同學賈德潤，方以「智囊」自居，數從其兄參樞要，爲余具言其顛末如此，是不可以不紀。

士釗文采華贍，於蟹行之文亦精湛，顧所爲文，過于求工，轉多疵累，如辭職呈文中「家有子弟，莫知所出」，苟「望文生義」，幾使人疑出字爲私生子之解，頗堪一噱。又「兒女乃家家所有，良用痛心；爲政而人人悅之，亦無是理。」辭本不佳，而魯迅以爲剽竊何悔庵所作，齊姜醉遣公子重耳賦中，「公子固翩翩絕世，未免有情。英雄而碌碌依人，安能成事?!」之句調，則語稍近刻。然此篇中，亦有佳句，如「既餕之鬼不靈，已鎩之羽難振」，自暴其狼狽之狀，「唯妙唯肖」矣。生平喜標榜，稱章炳麟爲「吾家太炎」，又嘗課其子作執政考。蓋於名公巨卿之風度，心焉慕之，惜遲生百年，不及覩遜清乾嘉之盛耳。

故鎮江都督閩人林述慶，於辛亥革命之役，有殊勳，其人亦沈著果敢，尋以孫毓筠之誘，行且附於袁世凱，突以中酒卒，知者以爲是適以全述慶之名，蓋篤論也。述慶與同里江屛藩同年月日時生，方其開府京口也，屛藩羨之，洎死，則又惴惴然恐己之將及，然屛藩竟不死。此二十年中，自海關寫手一躍而國會科長，而省府廳長，而關監督，近竟以惑於風水迷信之說，與農人爭墓地，爲仇家狙擊以死，死時身首幾異處，碎裂爲十數段，慘狀迺百倍於述慶，頗足異。有不慊屛藩之爲人者，謂屛藩之累遷，其禍機已伏，苟身非貴顯，何從與胥吏朋比，以侵佔農人之地，微此之故，何遽致死，是亦一說，然祿命之不足信，於此亦略見矣。

世有早死轉以成名者，述慶以外，林萬里邵飄萍其著也。萬里舊名獬，生平無行，早歲頗不齒於里黨，顧萬里亦倡導狹義的民族革命之一人，辛亥改革，官福建省府法制局長，後又附於世凱，北洋軍閥統治時，以政府中官吏，兼主論壇久，所以助北洋軍閥張目者甚至。潘復本與交厚，嗣以就復乞三千金不獲，遂成「凶終隙末」，其詆復以張宗昌之腎囊，蓋挾私嫌，非必嫉惡，迺以此致死，非萬里始料所及。死之夕，余與數四朋輩方讌集，萬里亦在座，忽語余曰：「子以餘事精子平水鏡之術，視我之氣色何若者？」余夙薄其人，則應聲曰，「鎗斃耳」。不意萬里旣辭歸，余輩博未終局，而彼之死耗已至，一刹那中，戲言成讖，殊耐人尋味。飄萍初不識余，以林寒碧之介請謁，遂與相諗，余嘗數語寒碧，「君之字毋乃不祥?!碧矣而又寒焉。飄萍則更謬矣，萍本浮薄之物，而又飄焉，其能久乎?!」果無何而寒碧觸汽車死，越十年飄萍亦爲奉軍所僇。一字之細，亦若有朕，讀者得毋譏其仍不脫封建社會迷信之觀念否耶?!

河北谷鍾秀，舊國會議員之健者也。官農商總長時，有不慊於鍾秀者，言鍾秀微時自恨生平有三不幸。三不幸者何？一不幸姓谷，二不幸身非婦女，三不幸生不爲歐美人，聞者輒傳述爲談助。洎訃其封君，則哀啓有句云：「至死竟無所知」云云，蓋捉刀者不擇辭之病耳。友人林景善詼諧，見而爲作一聯云：「令子平生三不幸，而翁到死一無知」，可謂絕妙好辭。

遜清遺老，什九皆虛憍，非真忠於故君也。共和以來，政尚寬大，不僅未興文字之獄，若清代者然，且遺老之仕於民國，而又兼事溥儀之小朝廷者，亦不加譴責，故此輩遂「首鼠兩端」，益無忌憚矣。清尚書陳璧，列名於洪憲勸進表閩人之首，傳其志在交通或農商總長，家居每蹀躞於廊廡間，喃喃自語，屈二指以數曰：「農商部，交通部，交通部，農商部」。如是者日必十百計，奴媼咸竊笑其旁，其熱中醜態有如此者！余舊作南河沿一篇云：『夜半人語喧，汽車雜奔馬。奪門爾何爲？震驚遍朝野。孺子故昏憒，神器宜可假。董卓與朱溫，擁立本苟且。豈眞忠故君，謬欲支大廈？所嗟南河沿，一夕覆千瓦』。蓋爲張勳復辟而作也。勳家濱舊京東華門之南河沿，與余舊居毗連，因以南河沿名篇，陳衍選輯近代詩鈔，於余作首錄茲篇，嘆爲「詩史」，余亦頗自以爲是「誅心之論」。又與友人談遜清遺老一律云：『運盡光宣四十年，羣公魂夢尚朝天。俸錢故是官家舊，賞賚常從帝座偏。勝國遺黎寬法網，故宮寶藏隱腰纏。啣名況飽商薇蕨，身後虞山較孰賢」。言此輩以一身出入於清代與民國，又數竊取清室所藏古物書畫，鬻得鉅金，竊嘆錢牧齋生早，弗獲遭際此時會也。

英「保守派」人士，夙輕中國，且懼我之强，其心理與日本無殊。辛亥之歲，各省旣先後舉兵，清廷起袁世凱組閣，時汪兆銘亦出獄，方與李煜瀛、王法勤、王寵惠、孫炳文，及余輩密設京津同盟會，將有事於北平，且「發難」矣，衆推兆銘、寵惠私謁英使朱爾典，乞援助，爾典竟大言「中國人不配做共和國民」云云，經兆銘、寵惠再三譬曉，始稍稍意動。此雖足見英「保守派」之狂謬，然平心而論，中華之民族性，實不可救藥，不亟自省，行爲東印度之續矣。

懷甯少年潘式，有美才，擅古今體散文、詩、詞、小說。始著人海微瀾，猶沿用章回體，迨後思想稍稍孟晉，有隱刑之作，頗風行一時，顧南中坊間尙尠，蓋印行不多也。近明星電影公司採其情節編春水情波影片，聞且流傳吳楚矣。式嘗以友於韓麟符，坐共產黨人之嫌，被逮，且論死，章士釗爲之營救甚力。余初未與一面，於曾克端案頭，見所作七律，深賞其才，迺亦爲馳電緩頰，卒獲出獄。近方謀傭書淞濱，謁余孑樓，因屬錄曩所見之七律載之，亦「文字因緣」

也。詩爲隆和舟中作：『危欄孤倚亦悠哉，雲水光融互澮洄。能共月來吾未獨，甯須燭盡意方灰？微飇漸欲涼癡夢，弱水終難濯隱哀。翻羨「牧豬奴」輩樂，抵拳爭擲快喧豗』。三四及五六兩聯，的是「才語」。近則又自溷於「遺老」「遺少」之羣，至可惜！

清人論詞，有譏易安之「香冷金猊，被翻紅浪」，近於猥褻者，未嘗見明女子張紅橋所作也。紅橋有念奴嬌一闋甚工，爲寄懷其夫林鴻之作，詞云：『鳳凰山下，恨聲聲玉漏，今宵易歇。三疊陽關歌未竟，城上棲烏催別。一樓離情，兩行清淚，漬透千重鐵。重來休問，尊前已是愁絕。還憶浴罷描眉，夢回攜手，踏碎花間月。漫道胸前懷荳蔻，今日總成虛設。桃葉渡頭，莫愁湖畔，遠事煙雲疊。剪燈簾幙，相思誰與同說？』詞中警句如『漫道胸前懷荳蔻，今日總成虛設』，其於「床笫之愛」，何等勇於自白?!「封建社會」婦女中，欲求此類佳作，殆「絕無僅有」，顧不堪使衞道之士讀之耳。書至此，憶及曩與朋輩縱論詩詞，深以同光以來作者，「食古而不化」爲病。蓋詩、詞之屬辭隸事，有必不可用於今日者，略以「隅反」，則剪燈吹燈之類皆是。何者？今之文物典章，以迄起居習尙，迴殊往昔，卽以燈論，前數十年，燃燈有燈草，燈草可剪也，亦可吹也，今之電燈，何自剪之，吹之哉?!徒喜其字面之美，因襲不改，非僅「遠實」，直是「不通」。今人詩、詞，犯此疵累者，指不勝屈，幾使人不辨作者，所處之時代，與所經歷之日常生活，甯非笑柄?!余嘗謂字面無所謂雅俗，僅有生熟之別耳，葉恭綽頗以爲然。

北洋軍閥統治時代，政府中官吏，及居要津者，大都「俾晝作夜」。所謂某總某長者，恆以日晡起，習爲風氣，蓋其「漫漫長夜」中，非讌游則會議，往往達旦猶未休。安福系之執政也，李盛鐸，姚震，曾毓雋諸人，皆號稱「黎明黨」，而酬酢豪侈，則直系奉系政府爲尤。余曩以孫公與唐繼堯之使命，數數與此輩款接，因獲身經目擊其狀。一九二六年之秋，國民革命軍旣席捲武漢矣，長江上下游震動，然北方之「文恬武嬉」如故。時潘復方爲交通總長，其天津小營門之私邸，每入暮則政客、官僚、武人、巨腹賈，（兼所謂「商人階級」、「買辦階級」）。「憧憧往來」，夕必以百數十人授餼，餼則必盛設，魚翅之席，視爲家常餐，亦或二三名流學者與焉。食以外，必有博，有鴉片，有女伶、歌妓、時舞女、影星，猶未豁露「頭角」也。晚近以來，南中亦漸濡染此惡習，余有「北地風沙漸向南」之句，「杞憂」所及，不覺其辭費。己未庚申間，黨人葉夏聲，亦嘗銜孫公之命北行，旣遄歸，其友詢以北都近狀，夏聲答語殊佳妙。謂北都風氣，凡客之詣權要者，則應門之僕，類能就客所乘，而分別等差，如客所乘爲人力車，則必謂是來「見」者，所乘爲馬車，則謂是來「拜」者，若爲汽車，則以爲是來「會」主人者矣。夏聲自言，以奉使故，出必汽車，遂亦得列於「會」，「拜」、「見」、三者之首，聞者咸爲粲然。此亦足見「官僚政治」下之社會，其流毒之入人者深也。

無古今中外，苟其爲傑出之人物者，必自有其書卷以外之學問，若僅鑽研於故紙中者，充其量，不外一「學者」耳。列寧之「新經濟政策」，窮馬克思主義之典籍，未嘗見也。孫公之「三民主義」，窮社會主義之典籍，亦未嘗見也。於此余更憶及一事，舊京滬鐵路，以英款關係，合同所限，不得運載軍隊，辛亥革命蘇浙滬各軍將會師南京，而於運載軍隊一事，懼英人之干涉，謀於伍廷芳，廷芳難之。時陳其美爲上海都督，謂『是固易易，合同僅限不得運兵至南京，然則第運至鎮江，再集中進攻。』衆從其說，竟無阻，而南京以下。自是京滬鐵路不得運載軍隊之例破矣。外交問題，往往視當局者之勢與力而異其用，膠執條約與慣例以言外交，非善於外交者，觀於其美之事而益信。

疇曩彗星與地球相觸之說，『甚囂塵上』，相傳有英美德法及中國科學家，聚而討究焉。中國之某君，力言其必不成爲事實，餘則慄然危之，以爲某月日，將罹此刧，遂約以鉅金睹勝負，屆期果如某君所測。或私以詢某君曰：『諸科學家皆以爲危，而子斷然排衆議，是何所恃?!』某君莞爾以對曰：『吾所恃者，彗星果觸地球，則地球且虀粉，彼科學家奚從而得吾金哉?!』詢者心折。然此適以見中國人之徒恃小慧，而民族之富於「躲避性」，亦從可知，宜其日趨於墜落而不自覺也。

友人羅忠懋謂孔子實爲中國官僚政治之濫觴者。或叩其何所見而云然。忠懋曰：『孔子不嘗云乎?!「與上大夫言，則顒顒如也，與下大夫言，則侃侃如也」，此非孔子之重視地位與身分乎?!又「三月無君，則皇皇如也」，此非孔子之熱中功名乎?!』其說頗近似。然孔子雖有官僚之臭味，其識解固遠非後之官僚所得望其項背，如孔子謂：『富而可求，雖執鞭之士，吾亦爲之』，又曰：『不見可欲，其心不亂，』蓋灼知今之「資本主義」與「物質文明」，將盡變士大夫之氣質，不可謂非「至理名言」。

今人溺於所謂「戀愛」，其實「戀愛」云者，「封建社會」固已習見，特以虛僞之禮俗，從而桎梏之，男女間之意志，鮮獲自由耳。近世文明，此風浸盛，邇者中國民法之規定，「婚約由當事人自行訂定」，是則舍未成年者以外，類無待第三者之參與，尤適合於人情。然由「戀愛」而婚姻者，往往不能終其愛，篤舊者流，既竊笑而非議之，其在歐美，則士大夫階級，亦每謂「婚姻爲戀愛之墳墓」，余以爲此皆於「戀愛」之所以然，未嘗「研精覃思」也。「戀愛」之由來，不外三數：曰信仰之愛；曰傾慕之愛；曰感召之愛。此三者以信仰之愛，最易持久而不渝。蓋信仰云者，必於其所愛之學問與思想，有崇高之信仰，而學問與思想皆易進而不易退，既非可於「具體」求之，又必其彼此間之學問、思想，有若干之默契者在也。傾慕之愛，則異乎是，必其所愛者，或事功顯赫，或擁鉅貲，或美好，質言之，則爲功名、產業、容顏，此數者，皆必於「具體」舉其實，又皆至易變而亦至易退者也，實亡則愛弛，勢有必至，蓋其始愛，固將求其實，以實爲愛之媒也。感召之愛有二：一爲人事之感召，如感恩之合，患難之合，此其事有終身勿忘，亦不易忘者，故其爲愛，或亦較久?!又其一則爲生理之感召．如晚近少年，知識早啓，以生理上自然之影響，則甫及成年，輒思求偶，無間於男女皆然，此其愛之萌，僅由於生理之需要，迨「年事」既長，「世故」隨之，生理之需要亦漸減，或且漸變，故此類之愛，亦似不可恃?!歐美中國男女間戀愛，皆以傾慕之愛爲多，宜其破裂與契合，常若相衡者。革命以來，中國社會中，由於生理感召之愛亦不尠，是皆「其本先撥」，安得「因噎而廢食」哉?!世之有志於求愛者，曷三復吾言!

辛亥革命，北洋軍人中，第六鎮統制吳祿貞，第十三鎮統制張紹曾，皆與黨人有默契。以余所知，紹曾蓋密約祿貞同舉兵，祿貞自石家莊以第六鎮發，紹曾則自灤州率第十三鎮應援，期相與會師北都，顧事機不甚湊，故紹曾未敢遽動，僅爲要求「十九條憲法」之舉，而祿貞亦爲清吏良弼所刺，至堪扼腕。非然者，北方早入黨人之手，民國以來之政治，或別是一局面矣，更何待段祺瑞之秉承袁世凱旨，贊同共和哉?!此關於黨史者至鉅，不可不紀。

張勳之復辟也，使人慫恿段祺瑞，祺瑞頗躊躇不能斷，謀於左右，有勸其附於帝制者，有勸其出而討伐者，徐樹錚持後說尤力，祺瑞志始決。又慮馬廠駐軍之師長李長泰，不爲己助也，則因其妻與長泰妻有葭莩之雅，密遣策士某，偕之入長泰軍，陳說數四，長泰意動，於是馬廠誓師，而旌旗一變矣。或謂段芝貴以求爲直隸總督不獲，馮玉祥以旅長入覲被拒，故皆以所部先發，祺瑞乃益勇往，並誌之。

亡友陳子範，深惡官僚，嘗援『亡國之大夫，不可與圖存』之語，以爲滿清及北洋官僚，果能有爲者，清室必不至傾覆，其說甚當。然晚近士大夫階級，於此輩官僚之生平，猶若不勝其景仰，此大誤也。徐世昌、岑春煊、梁士詒，皆滿清及北洋官僚中傑出之選，顧其巽懦無能，頗有出人意表者。復辟之變，世昌陰實主其謀，迨見段祺瑞既發難，則又「首鼠兩端」，勳頗不齒之。春煊在清疆吏中，負能名，顧余與共事西南軍政府時，習聞其言論與行能，蓋一頑鈍之傖叟耳。此三人中，惟士詒差有事務官之才，又「博聞强記」，然不足以「遺大投艱」。觀於洪憲之亂，士詒初不肯贊同，尋以「五路參案」，懼其所植「交通系」之勢力，寖假入他人手，則一變而勸進，卒致身敗名裂，其乏遠識類此。近客死滬濱，其門下士鄭洪年，輓以一聯云：『辛亥苦心，而不自表，洪憲負謗，而不自明，公可謂大』；『每於論政，病以疏狂，獨於定交，許以道義，我哭其私』。亦可謂善於「爲親者諱」矣！

甲子之役，國民軍崛起，世所稱之孫段張三角聯盟，蓋有以促成之，此稍習中國政治之掌故，類能道其概。於此有不可不紀者，則國民軍之中堅，以馮玉祥、胡景翼、孫岳，爲其領袖，而景翼所部僅一師，岳僅一混成旅，皆兵力單薄，惟玉祥之馬首是瞻，顧玉祥之意志，頗猶豫，不敢遽發。皖系政客，或窺其隱，迺密建議於作霖，賂以軍費百五十萬金，作霖幕中策士羣以爲危，即楊宇霆、王永江，亦主審愼，謂玉祥善變，恐「擲金虛牝」，作霖獨慨然出之。語左右曰：「此百五十萬金者，譬諸孤注耳，成盧成雉，固不可必，」一議始決，而古北口之國民軍，旌旗一變矣。說者以作霖此語，不脫博徒本色，余則以爲此殊有豪氣，策大事者，正宜如是。

景翼初未嘗讀書，戊午己未間，以關中子弟，依于右任部下與陳樹藩所部，相持甚久，洎右任解甲，始附於直系軍閥，然以革命之歷史關係，猶與黨人時相結納。景翼性陰鷙，其隸於吳佩孚也，佩孚或呵叱之，或頤指氣使之，無不奉命唯謹，以是佩孚喜其恭順，頗傾信，凡餉械及其他，有所請，必勿靳，遂得寖假厚其軍實。景翼部曲，或以佩孚傲慢不能堪，尼景翼毋爾。景翼曰：「吾將以有所求也，豈硜硜於小節哉?!」國民軍旣興，果巍然成中心勢力，佩孚深悔爲其所紿，昔賢所謂「忍辱負重」者，景翼有之！開府中州時，始折節讀書下士，黨人多樂與之遊，傳其善睡，雖兩軍酣戰，亦往往倚杖寐以立於馬前，而礮火莫之犯，是亦可異已。

岳所部之混成旅，蓋吳佩孚軍最精銳者，嘗用爲衞隊，其親信可知。然岳以步浸淫於革命；與李煜瀛、王法勤，號高陽三傑，甲子變作，法勤數潛入其軍，陳說利害，又得玉祥景翼之聲援，於是亦一蹴而起，蓋佩孚意料所不及。猶憶洪憲之役，世凱聞陳宧、湯薌銘，先後以川湘畔，爲氣蹶幾斃，事異而迹則近似。

歲庚申，于右任旣微服出關中，革命軍頗渙散，時以郭堅胡景翼所部，最驃悍善戰，堅出身錄林，大豪邁，能得士卒心，初不甚解文字，然當陳樹藩圍攻甚急，堅以書馳景翼曰：『陳賊打我，你賊不管；我賊要亡，你賊不免』，寥寥十六字，可抵一篇絕妙「乞援書」。景翼得書，大感動，亟自將救之，圍始解。聞堅在軍次，偶見其妻與部曲私，方裸露作祕戲，見堅而皇遽欲遯，堅止之曰：『勿爾，爾我固弟兄，生死且共，矧婦人豈爲一人所私有耶?!』其豁達類此。後以玉祥誘赴讌殺之，知者咸嘆惜不置。余謂古今歷史所稱英雄，什九不過如是，堅不幸而中道死耳。

晚近以來，中國社會，有成敗而無是非，輿論於功利方赫或勢盛者，又每爲所奪，而士大夫階級，亦往往以衣食所迫，不得不依違其間，故賢者恥獨爲君子，豪俊不羈者遂易隳志節，而盡喪其所守，不肖者益肆無忌憚矣。燕人白堅武、張璧，皆以漢奸爲世唾駡者也，粵中女子鄭毓秀，邇亦以貪墨之嫌，不得直而走海外矣。此三人者，余皆稔知。璧固黨人，特其思想本陳腐，又嗜鴉片，近女色，其「日暮途遠」固無足怪。堅武與共產黨人李大釗友善，爲北洋軍閥之策士中最富於新知者。毓秀則辛亥革命時，嘗爲黨人匿炸彈及其他危險物於北都之意國使館，又其爲人謀，最負責，其膽識在男子中亦頗罕覯，顧中歲卒被此惡名。可知黃金之世，中外方相挾而趨蹌於一途，環境所圍，輿論所養，雖欲士大夫階級不稍變其氣質，而範之以『封建社會』之道德律，又安可得哉！於此有一趣事，余之愛侶，不幸與璧同姓名，客歲報載丁沽之變，余以書戲之，是蓋不僅司馬相如藺相如之名似，孔子陽貨之貌同也。

中國政治之變遷，自改革迄今儉常有國際之背景在，尤息息與外資有關。袁世凱之勝國民黨也，以四萬萬大借款之成立。洪憲之役，護國軍興，則岑春煊以張耀曾與楊永泰之助，得日人借款百萬元以創立軍務院矣。段祺瑞以參戰借款，得久執北方政柄，徐世昌以高徐順濟鐵路之借款充選舉費，此則所謂「西原借款」也。直系軍閥號稱親英美，而卒以國際之形勢所格，不獲英美帝國主義者之資助，甚至「金佛郎案」，亦未盡得志於法，洎段祺瑞復起，始告成。國民革命軍之發軔，始於孫公之護法，而成於國民黨之改組，前者則德款之助，後者則蘇聯實有以助我，然皆無條件之資助，不僅非借款性質，若北方政府者然。而歐戰以前之德與歐戰以後之蘇聯，皆舉世所棄，孫公獨能利用之，以成革命之業，殆無愧於東方外交家之第一人歟？

又研求中國之政治者，不可不知鴉片、白丸與政治之關係。甲子之役，齊燮元與盧永祥，初皆相忍，莫敢先發，既而以燮元與佩孚爭副總統，欲攫上海歸己，俾得恣取鴉片所獲，資爲政治上之財源，而上海駐永祥所部，此大宗之鴉片收入，蘇軍不得與，故必欲得之，不能不出於一戰。曹錕之賄選，則由於王承斌以河北一省白丸所得，悉以供選舉費，其數爲三百萬金，知者號爲「白丸總統」，蓋有自矣。

永祥性靜穆，不類武人，於「封建社會」之道德律，尤能「硜硜自守」。幼時其父嘗爲人牧牛，牛盡亡去，父懼主者之責，則遁不知所之。比永祥既從軍致顯達，遍求之不獲，或告以死耗，則慟哭欲絕，每於夏歷之朔望或晦日，必爲位以祭，甚哀，其溺於世俗所謂「孝」若此。生平亦未有聲、色、狗、馬之好，持躬頗儉樸，求之北洋軍閥中，蓋不易得。惜其臨事，「優游寡斷」。陳炯明既叛，孫公討之，時譚延闓方至滬，永祥遣使迎至杭州，勸以電孫公調解，以爲討陳殊無把握，其巽懦可見一斑。

北洋軍閥之分崩離析，始於馮段之背袁，盛於直奉之畔段，而終於直皖奉之內潰。此其變遷與消長起滅之故，關於史料者至鉅，有可得而述者。蓋此中消息，類涉隱祕，而策士、黨人，操縱其間，其縱橫裨闔之工，亦因時、因地、因人、因事，而各異其迹也。先是，袁世凱練新軍於小站，而北洋六鎮以成，然此六鎮者，初不盡隸世凱所部，如第六鎮之吴祿貞其著也。隸世凱者，以段祺瑞王士珍馮國璋三人爲諸將中之魁傑，國璋兼領「禁衛軍」，士珍則提督江北，惟祺瑞從世凱最密。時新軍分南北兩派，北派蓋即小站系，而南派則由於張之洞劉坤一之倡導而成，如南京第九鎮之徐紹楨，武昌起義之黎元洪，雲南之蔡鍔、唐繼堯，浙江之蔣尊簋，皆佼佼之選也。大抵北派雖號新軍，其中下級將校，猶沿用行伍出身者，偶拔擢數四學生，亦多國內速成卒業者，故革命性較弱，而服從性則特强，而南派則什七以日本士官卒業及保定軍官卒業者任將領，故於狹義之革命意識，能發揮而光大之也。北派自世凱嫡系以外，如吴祿貞、張紹曾輩，皆與南派相默契，蓋其出身既不由小站，又皆卒業於日本或保定，與南派將領，以同學之雅，又同黨籍，此實所以趣北洋派之滅裂於無形者也。世凱既謀僭號洪憲，慮其部曲之不附，又廉知祺瑞國璋與南派將領厚，則禁錮祺瑞於西山，而國璋以癸丑有功，坐鎮江南，故得免。或獻策世凱解國璋兵柄，顧世凱之左右梁士詒阮忠樞皆力持不可。忠樞尤勇於自試，請命世凱，銜密旨走秣陵，爲國璋陳利害，陰又爲世凱授計於張勳倪嗣冲，陳重兵於江淮，以刼持國璋。洎蔡鍔唐繼堯既以西南舉義，國璋始終不敢發，雖中經湘川浙之獨立，其模稜如故，於黨人之使者，數數與通款，則咸禮遇有加，世凱將死，神志瞀亂，未嘗洞燭其隱，而有以處之耳。

世凱死，黎元洪代之，用祺瑞爲國務總理，兼領陸軍總長，時黨人已窺見祺瑞之必去黎，而右傾政黨，又附於祺瑞，迺密爲牽掣之計。馮國璋既被選副總統，時吳景濂猶隸黨籍且爲國民黨之領袖，遂以授與副總統證書之便，詣國璋節府，下榻談三日夜，國璋意益動，而直系將領，如李純陳光遠輩，又與黨人張繼王法勤，有鄉曲之私，益以張紹曾解兵柄，不得志於皖系，孫洪伊與湯化龍爭長於右傾之研究系，亦求與國民黨親，而自樹一幟。紹曾故北洋軍閥之先進，洪伊則河北新人物之領袖也，與國璋、純、光遠，皆有雅故，兼同井里，二人既助直，而左袒於黨人，於是聯直制皖之說浸有力。丁巳戊午間，梁啓超湯化龍林萇民等，用蹇念益策，陰誘張勳以復辟，又助祺瑞討勳，傳萇民嘗走淮上，爲倪嗣沖草檄，數元洪罪惡，故祺瑞復起，皆參國務，然黨人亦日游說於國璋之側。孫公護法後，西南響應。張敬堯者，以皖系將領，而爲湘軍所逐也。國璋命吳佩孚援之，戰屢捷，顧以黨人之策略故，與粵桂密通款。會西南軍人，亦中分而爲二。

滇之唐繼堯及駐粵之滇軍與粵軍之一部，皆結合孫公，而桂之陸榮廷，粵之莫榮新輩，則與直系通好。於是而佩孚乃返師以叛祺瑞，亦所以解兩廣之圍，蓋是時粵軍方攻莫榮新且下之矣。然佩孚雖與祺瑞戰而勝，兩廣之圍，卒莫解。此中有不可不紀者。先是，祺瑞以北洋兵力，集於直系掌握中，皖系勢薄，乃因其門下士徐樹錚，通於奉軍，蓋奉軍之運籌帷幄者爲楊宇霆，與樹錚同卒業於日本士官學校也。策既售，宇霆挾奉軍以入關，士馬精研，國璋大震恐，而安福國會以成，徐世昌位總統矣。世昌性陰鷙，擅機數，又適祺瑞之左右靳雲鵬與樹錚爭寵，乃密結作霖所親之張景惠、鄒芬，排宇霆而去之，蓋景惠輩，所謂奉系之元老派，與學生出身之宇霆一派，積不相能也。以是故，佩孚之返旆，奉軍亦大舉以應援，皖系不得不潰矣。

皖系既潰，直系之李純、王占元、陳光遠分領鄂、蘇、贛，號長江三督軍。時則附於皖系之倪嗣冲病且死，皖軍易帥，浙之盧永祥持重，閩之李厚基多詐，皆僅足自保，祺瑞乃不得不與黨人合，而居間爲之斡旋者，盧永祥也。未幾，奉系之元老派復衰，作霖用吉林督軍孫烈臣策，復起宇霆主幕府，於是以有壬戌直奉之役，戰屢捷，顧奉軍西路統帥鄒芬，爲元老派人物，陰與直系通，不戰而却，陣以亂，遂奔潰而不可收拾矣。然作霖忌敗，亦以此怒元老派，景惠諸人，棄置不錄者且數稔，迨甲子一戰，佩孚盡喪其師徒，奉系又一蹴而代直系爲中原盟主，擁祺瑞爲傀儡。

佩孚既蹶，馮玉祥收其餘燼，欲併皖直之衆而有之，蓋玉祥以皖人而隸於直系也。洎玉祥勢盛，又與作霖不相容，而相斫以起。佩孚遂乘機而入，然已無可用之卒。湖北督軍蕭耀南，雖舊隸佩孚所部，既貴爲「巡閱使，」雅不欲佩孚奪其衆，於是佩孚益傍徨，末由發難。會靳雲鵬之弟雲鶚，新受玉祥之命，成一師，方馳騁於豫鄂之境，佩孚使人說之動，又陰令耀南部曲某，毒殺耀南，以陳嘉謨代將其軍，時適胡景翼病卒，岳維峻繼之。維峻巽懦，喜冶游，更惑於鄉人馬驥之說，以為直系必莫予毒，漫不戒備。故佩孚之竊發於鄂也，僅遣雲鄂之一師，益以鄂軍一師一混成旅，而維峻所部國民第二軍，以四萬人挾槍八萬而奔潰，誠所謂『豎子敗乃公事』矣。

方南北軍閥之相厄也，策士黨人，以連橫合縱之術取富貴者，蓋數見，其遭際最徼倖，而亦最不幸者，莫若王九齡。九齡滇人，初謹愿無所短長，以丙辰之歲，滇帥密運鴉片過滬，為印捕所邏獲，九齡以是受刑且繫獄，實未嘗與聞也。役滿既歸滇，則唐繼堯方走香港，交親或慫恿其復返，或則勸其入粵附孫公，余與汪彭年郭同王乃昌諸人，皆主後說者。九齡則力持返旆之議，且數數為之潛入滇中舊部陳說，果以繼堯返主滇事如故，繼堯喜之，擢爲財政司長。會孫段張相聯合，繼堯與段張有舊，且號稱附孫，遂亦遣九齡北行。値祺瑞出而執政，遂以教育總長畀之。九齡未嘗諳教育，而震於總長之尊，貿然就。時浙之馬某方謀此座甚力，其徒衆以九齡易與，羣伺於衙署之「廳事」中，見九齡至則紛起罵之，或唾其面，相率傚尤。九齡不能堪，未幾自引退，任事未旬日也。諺謂『求榮反辱』，九齡有諸。

北洋軍閥之末葉，舊都官吏，什九不得俸，而參謀一部，至積欠官俸兩年有奇，世有「災官」之稱。嘗見浙人某公爲內務總長時，所屬麕集以索俸，盡斷其署中之交通，某公性驕矜，呵叱如故，衆中一少年怒，直前提其耳，批頰數四，某公始俯首無辭。時交通部總長某公，亦以此事，困於僚屬，或詬罵之，亦不慍。時人爲之語曰：『耳提總長』，『面命部員』。時參謀部衙署之後院，忽有白光宵見，其總長張懷芝疑必有鉅金窖藏，迺鳩工掘之，拆屋宇以十數，卒不可得金，都下咸傳爲笑柄。

清末倡新政，時日本留學少年，多顯達者，友人某君亦以制憲干權要，擢至四品京堂，數爲法制院長李家駒屬草法令章奏，又嘗以重金購英國種哈吧狗，進於貝勒載濤，時人爲之語曰：『濤貝勒府中哈吧狗』，『李家駒床頭捉刀人』。聞者絕倒。

辛亥改革，以孫公讓總統於世凱故，又定都北平，於是政習什九沿遜清之舊。「禁衛軍」舊爲清室之「御林軍」，士卒多八旗子弟，然民國既奠，終莫之廢。舊都又有步軍統領者，亦遜清官制所設也，其職權略與前代之「執金吾」近，而衙署內外，暗無天日，淫刑、誨盜，下迄苞苴，萬有不齊。追民國，政府仍之，未嘗裁汰。世凱全盛時，防黨人嚴，更增設「軍政執法處」，以陸建章主其事，密佈鷹犬，僇人不以法，黨人或非黨人，死於是中者無算。然建章尋亦以煽動皖系軍隊，爲徐樹錚所殺。世凱死而「軍政執法處」始撤。「禁衛軍」則與馮國璋一生相終始。步軍統領一職，直至甲子國民軍入舊都後，黃郛膺閣揆，迺毅然廢去之。此亦民國以來掌故所不可不紀者也！

封建社會中，溺於因果之說者，實繁有徒，此蓋迷信神佛之觀念，使之然也。宋教仁之被狙擊，蓋世凱遣洪述祖爲之，而趙秉鈞之死，或謂亦世凱所毒殺，與其謀者，爲王治馨，治馨時官「京兆尹」，後述祖治馨咸不善終。陸建章僇人無算，亦終死於徐樹錚之手；樹錚則又以馮玉祥欲報其舅建章仇，於乙丑樹錚入舊都時，陰使其部曲迎於廊坊而殺之。傳丁巳督軍團之變，主其謀者，爲梁啓超、湯化龍、林長民，而爲之策劃者，則爲蹇念益。中國內亂之頻仍，以督軍團爲「始作俑者」，故說者以爲化龍被擊斃，長民死於亂軍中，啓超以割去胥囊死，念岔又無端抑藥以終，是皆冥冥中有因果在。其說殊謬妄不足信，顧亦略以見作惡者終必自僇，觀於張宗昌承世凱命，率其黨羽擊陳其美死，邇則身受其報，可一慨也。

徐樹錚之殺陸建章，與史料有關，因附誌之。先是南北方對壘，張紹曾孫洪伊諸人，既與黨人謀以直制皖，迺密與長江三督軍相結納。時直系之馮玉祥方陳師武穴，黨人遂數數潛入其軍，又游說馬聯甲爲之援，其從而通兩家之驛者，陸建章也。建章爲玉祥之舅，以不得志於皖系，故既附直，更聯絡黨人，欲謀安徽獨立，蓋一變其「軍政執法處」之面目矣。中國之軍閥、官僚、政客、學者，類皆善迎合風氣，以自就其利害若此，宜內亂之無甯歲，而建章以事機洩，卒爲樹錚所殺。

皖人孫毓筠，早歲以貴公子參與狹義之民族革命，論者韙之。然自安徽都督去職後，爲世凱所買，且從而助世凱招致黨人，或以金，或以爵，舊日朋儕自好者，始薄其爲人。尋以『洪憲六君子』之名，無更與援引者。毓筠故豪縱，善揮霍，又嗜鴉片，晚歲漸窮蹙，洎甲子乙丑益困，依柏文蔚於豫以自活，死時幾無以爲殮，文蔚厚葬之。毓筠學佛，自言頗有得，老而致力益勤，然佛法無能拯其厄也。於此知晚近軍閥、官僚、政客、學者之末路，什九遁於學佛，殆皆將乞憐於佛，以懺悔其過去罪惡乎?!

或以孑樓之義爲問。應之曰：『是無他，塊然獨處，以形答影，此孑樓之所以爲孑也。』余飽經憂患，戎馬餘生，今且垂垂中年矣。雖私負所抱，終或有用世之一日，而思想所赴，常深嘆其與慾求相矛盾。雖未敢以孫公史達林自居，要惟篤信吾之愛侶能爲季芊狄隗，終不我負，則孑樓且不孑矣。

（孑樓隨筆全卷終）

史地傳記類　PC0173

# 孑樓隨筆

作　　者 / 林庚白
主　　編 / 蔡登山
責任編輯 / 孫偉迪
圖文排版 / 蔡瑋中
封面設計 / 陳佩蓉

發 行 人 / 宋政坤
法律顧問 / 毛國樑　律師
印製出版 / 秀威資訊科技股份有限公司
114台北市內湖區瑞光路76巷65號1樓
電話：+886-2-2796-3638　傳真：+886-2-2796-1377
http://www.showwe.com.tw
劃撥帳號 / 19563868　戶名：秀威資訊科技股份有限公司
讀者服務信箱：service@showwe.com.tw
展售門市 / 國家書店（松江門市）
104台北市中山區松江路209號1樓
電話：+886-2-2518-0207　傳真：+886-2-2518-0778
網路訂購 / 秀威網路書店：http://www.bodbooks.com.tw
國家網路書店：http://www.govbooks.com.tw
圖書經銷 / 紅螞蟻圖書有限公司
114台北市內湖區舊宗路二段121巷28、32號4樓
電話：+886-2-2795-3656　傳真：+886-2-2795-4100

2011年9月BOD一版
定價：250元

國家圖書館出版品預行編目

子樓隨筆 / 林庚白著. -- 一版. -- 臺北市 : 秀威資訊科技, 2011, 09
面； 公分. -- (史地傳記類 ; PC0173)
BOD版
ISBN 978-986-221-824-2(平裝)

855 100015940

# 讀者回函卡

感謝您購買本書，為提升服務品質，請填妥以下資料，將讀者回函卡直接寄回或傳真本公司，收到您的寶貴意見後，我們會收藏記錄及檢討，謝謝！如您需要了解本公司最新出版書目、購書優惠或企劃活動，歡迎您上網查詢或下載相關資料：http:// www.showwe.com.tw

您購買的書名：________________________________

出生日期：________年________月________日

學歷：□高中（含）以下　□大專　□研究所（含）以上

職業：□製造業　□金融業　□資訊業　□軍警　□傳播業　□自由業

□服務業　□公務員　□教職　□學生　□家管　□其它____

購書地點：□網路書店　□實體書店　□書展　□郵購　□贈閱　□其他

您從何得知本書的消息？

□網路書店　□實體書店　□網路搜尋　□電子報　□書訊　□雜誌

□傳播媒體　□親友推薦　□網站推薦　□部落格　□其他________

您對本書的評價：（請填代號　1.非常滿意　2.滿意　3.尚可　4.再改進）

封面設計____　版面編排____　內容____　文／譯筆____　價格____

讀完書後您覺得：

□很有收穫　□有收穫　□收穫不多　□沒收穫

對我們的建議：________________________________

________________________________

________________________________

________________________________

請貼
郵票

11466
台北市內湖區瑞光路 76 巷 65 號 1 樓
**秀威資訊科技股份有限公司** 收
BOD 數位出版事業部

……………………………………………………………………………

（請沿線對折寄回，謝謝！）

姓　　名：____________________ 年齡：________ 性別：□女　□男

郵遞區號：□□□□□

地　　址：________________________________________

聯絡電話：(日) ____________________ (夜) ____________________

E-mail：________________________________________